講談社文庫

信長と征《ゆ》く 2

転生商人の天下取り

入月英一

講談社

目次――第二部　変わる歴史と、変わらぬ歴史

第一章　光秀饗応《みつひできようおう》　8
第二章　畿内《きない》制圧　51
第三章　清水焼《きよみずやき》　81
第四章　鐘は打ち鳴らされた　133
第五章　虎口を脱せよ！　214
第六章　第六天魔王《だいろくてんまおう》　241

信長と征く 2 転生商人の天下取り

第二部　変わる歴史と、変わらぬ歴史

第一章　光秀饗応《みつひできようおう》

光陰矢の如《ごと》し。と、誰しもが一度は口にするものだ。

この言葉は、正に尤《もつと》もなことだと俺も思う。

殊に永禄《えいろく》三年から昨年の永禄六年の期間は、それを実感して止《や》まない。

桶狭間《おけはざま》の合戦の裏で、インサイダー紛《まが》いの取引をしたり、それが縁で信長《のぶなが》と出会ってからは、これでもかと扱《こ》き使《つか》われたり。

そう。やれ楽市楽座《らくいちらくざ》だ、やれ織田舞蘭度《おだぶらんど》だ、やれ洲股《すのまた》攻略だ、等々と。

本当に色んなことがあったのに、忙《せわ》しなく動き回っていたからだろうか？

この三年以上もの月日が、矢のように過ぎ去ってしまったかのように思われる。

まあ、その甲斐《かい》あって、商人としての俺の立場は大いに向上したし、何より織田は念願の美濃《みの》取りを完遂させた。

なればこれでよいのだと、そう思う。そう思うがしかし……。

それでもだ！　また扱き使ってやるぞ、とばかりに御城に呼び出されては、溜息《ためいき》の一つも吐きたくなるものだ。はあ……。

今日は抜けるような晴天となった。空には雲一つ見当たらなく、朝から暖かな日差しが降り注いでいる。

であるのに、どうしたわけか俺は、岐阜城《ぎふじょう》と名を改められた城の隅っこの、しかも手狭な一室に籠る羽目になっている。

しかも四十過ぎのおっさんと差し向かいで膝を突き合わせながら。

「つまり本日のご用向きは、来る足利《あしかが》将軍家ご使者のご訪問、その際の饗応の件だということですね、村井《むらい》様？」

俺は目の前で難しい顔をしている、村井貞勝《さだかつ》に確認を取る。

そう、今日の呼び出しは信長によるものではなく、珍しく貞勝からの呼び出しであった。

「そうじゃ。大山《おおやま》、お主も殿から聞いておるやもしれんが、此度《こたび》の使者の要請を殿はお受けする積りじゃ。そこで冷たくあしらった前回と異なり、此度は抜かりない饗応をせよとの仰せじゃ」

「なるほど……」

一度目の義昭《よしあき》からの使者はすげなくあしらった。

信長という人間が、足利将軍家の権威を振りかざすだけで、唯々諾々と言うことを聞くような男ではないと知らしめる為《ため》に。

これを受けた義昭は、すかさず信長に丁重な文を送ったようだ。

仮にも格下にある信長に対してだ。中々柔軟なこと。それとも危機感の発露だろうか？

兎《と》に角《かく》、信長に対して礼を尽くそうという意気込みが伝わってくる。

使者の人選なども、よくよく考慮したようだし。正に前回とは雲泥の差だ。

信長はこの二度目の要請を受ける積りでいる。

いや、只《ただ》受けるばかりでなく、義昭が信長に対し誠意をもって当たれば、信長も誠意を返すことを示そうというのだ。

その為に抜かりない饗応をせよと、貞勝に命じたのだろう。

「此度の饗応役を正式に拝命したのは林《はやし》殿じゃ。私は、林殿の下で、実務面を差配することとなった」

俺は頷《うなず》く。

織田家の宿老林佐渡《さど》（この時分はまだ佐渡守を名乗っていないが）が饗応役を務め、その下で貞勝が実務を取り仕切る。なるほど、正に万全の構えだ。

「諸々《もろもろ》の礼典、しきたりに則《のっと》り、万事抜かりない饗応を。これは、私が実務を差配する以上、一点の瑕疵《かし》なく取り仕切ってみせる」

貞勝は断言してみせる。

すごい自信だが、確かに貞勝なら口にした通りにやり遂《お》せるのだろう。そこに不安はない。

しかし、ならばどうして俺が呼び出された？　……嫌な予感しかしない。

俺はじっと貞勝の顔を見た。まだ話は終わりではないだろうと、続きを促すように。

「じゃが……」

貞勝が歯切れの悪い言葉を漏らす。その顔は苦々しいものだ。

そら、来た！　やはり厄介ごとに相違なかった。

聞かずに帰りたいが、無論そういうわけにもいかない。仕方がないので、今度は口に出して続きを促す。

「何か問題でも？」

「うむ。実は、殿がこのように仰《おっしゃ》ったのだ。――『通常の饗応とは別に、何ぞ、使者の度肝を抜くような催し物をせよ』と」

「…………」

「つまりじゃ。織田上総介《かずさのすけ》侮り難し！　使者にそう思わせてみせよ、と」

の、ぶ、な、が〜！　ま〜た、部下に無茶振りかよ！　そりゃあ、貞勝も難しい顔をするわけだ。そんなんだから、本能寺《ほんのうじ》を（以下略）！

「大山」

「……はい」

「お主、この手のことを考えるのは得意であろう」

「い、いいえ。村井様、それは手前を買《か》い被《かぶ》りす……『得意であろう』」

「…………」

貞勝がずいっと顔を近づけてくる。その目は笑っていない。否定は許さない、そんな圧力をひしひしと感じる。

「……村井様のお役に立てるかは分かりませぬが。手前もない知恵を絞りましょう」

「そうか。頼りにしておるぞ、大山」

貞勝はずっと前のめりにしていた姿勢を正す。

駄目だ。完全に根負けした。俺は内心大きな溜息を吐いたのだった。

＊

貞勝の前を辞した俺は、岐阜城の城下町を歩いている。

国主が替わってまだ大した時が経《た》っていないというのに、城下町に消沈した様子は見られない。

むしろ、新たな変化に乗り遅れまいと、強い意気込みすら感じられる。何とも逞《たくま》しいものだ。

俺は活気に溢《あふ》れた通りを抜けながら、引っ越してきたばかりの浅田屋岐阜《あさだやぎふ》支店への帰り道を歩いていた。

全く、とんでもない宿題を与えられたものだ。唯《ただ》でさえ、岐阜支店の開店準備でテンテコマイだというのに。その上新たな厄介事とは……。

はあ、最早《もはや》誰憚《はばか》ることなく溜息を吐く。気が重い。ふと、脳裏に過るのは、信長と光秀の有名な逸話だ。

嘘《うそ》か真かは分からない。ただ、現代に伝わる所によれば、家康《いえやす》の饗応役を任された光秀の仕事ぶりに不満を覚えた信長は、光秀を厳しく叱責し、あまつさえ、一度ならず二度三度と、光秀のことを足蹴にしたというのだ。

あの当時、織田家中で指折りの重臣であった光秀をだ。

ぞっとする。心胆が寒くなった。

どうか、本当にあった逸話ではありませんように、と願わずにはいられない。もしも本当であったなら……。

あの光秀ですら足蹴にされたのだ。俺など、足蹴にされるだけで済めば、御の字というものだろう。最悪首が飛びかねない。物理的に。

ったく！　そんなことだから本能寺が（以下略）！

はあ。辛《つら》いなあ。店に帰った所で、心休まることもないのだ。

何せ、今は師走かというほど、バタついているのだから。それに……於藤《おふじ》もいないしなあ。俺はまた溜息を吐いた。

当初、岐阜支店の開店準備前から、於藤はこちらに越してくることになっていた。少しでも手伝えることがあればと、そんな殊勝なことを言ってくれたものだ。しかし、その予定は変わってしまっている。いや、それ自体は悪いことではない。むしろ、おめでたいことであった。

それというのも、引っ越し直前に於藤の懐妊がわかったのである。開店準備前の岐阜支店など、バタつくことはもとより容易に想像できた。身重の身で、そのような場にいるのもよくない。

だから、こちらが落ち着いてから越してくるようにと申し付けたのであった。今於藤は、彼女が心細くないようにと、俺の勧めで津島に里帰りしている。しかしまさか、俺の方が心細い思いをすることになるとは。

それもこれも、無茶振りばかりする信長が悪い。

俺は心の内で、信長に向けて呪詛《じゅそ》の言葉を吐きながら帰途に就く。ほどなくして、岐阜支店の店構えが見えてきた。

外から見ても、まるで蜂の巣をつついたように、慌ただしく人が出入りしている。回れ右をしたい気持ちに駆られたが、ばちりと家人の一人と目が合ってしまった。

俺は諦めて、真《ま》っ直《す》ぐ店の方へと歩み寄る。

「お帰りなさいませ、旦那様！」

「うん。何か、変わったことはなかったか？」

「はい！　先刻より、旦那様を訪ねてきた客人がお待ちになっておられます」

「客？」

「ええ。旦那様が不在だとお伝えした所、戻るまで待つと仰られて」

「……客人は誰だ？」

「織田家中の木下《きのした》様です」

……何しに来た、猿木藤？

またぞろ厄介事かと、俺は大いに顔を顰《しか》めたのだった。

　客人の下へ案内するように家人に申し付けた所、先導されたのは一番上等な客間の一室であった。襖《ふすま》を開けると、果たしてそこには藤吉郎《とうきちろう》の姿がある。

「おう。戻ったか、源《げん》さ。邪魔しておるぞ」

「お待たせしたようで、藤吉様」

「構わん！　連絡も入れんと立ち寄ったんじゃから」

「そう言って下さると気が楽になります。それで、今日はどのようなご用向きで？」

俺は油断なく藤吉郎の顔を観察する。

「祝いじゃ、祝い！」

「祝い？」

「そうじゃ。聞いたで、源さの奥方が懐妊したと。それで祝いの言葉を言わねばならんと思っての。ほれ、祝いの品に上等な酒も買ってきたで」

そう言って、藤吉郎は瓢簞《ひょうたん》をかざして見せる。

「それは、ありがとうございます。気を遣わせてしまって申し訳ありませんね。……酒器と酒肴《しゅこう》の用意を」

藤吉郎に礼を言いながら、家人に酒器と酒肴を持ってくるよう申し付ける。家人は一度頭を下げると、足早に去っていった。

俺はそれを見送ると、藤吉郎の正面に座る。

さて、只の祝いのわけがない。藤吉郎め、まだ腹の内を見せないか。

「源さ、奥方は何処《どこ》じゃ？」

「津島の舅《しゅうと》の下に。ここは、まだバタバタしていますから」

「そうか。そうじゃな。それがいいじゃろ。大事なく元気な子を産んでもらわねばいかんからな。……生まれてくるのは男かのう。それとも女じゃろうか？」

「さて、そればかりは。授かりものですから」

「そうじゃな。まあ、男ならきっとよい商人になる。女なら器量よしに育つに違いない」

「だといいのですが……」

藤吉郎は毒にも薬にもならない話をするばかり。

まだ腹の内を見せないか。つたく、面倒な。今度は何を頼みに来た？　まさかまた、金の無心じゃないだろうな？　それとも……。

「オレとねねの間にはまだ子がいねえが。源さの子と、オレの子の性別が違ったら、将来夫婦になることもあるかものう」

「えっ？」

「えっ？」

「……ま、まあ、そういうこともあるかもしれませんね」

「お、おう……」

この段になって、家人が戻ってきて藤吉郎と俺の前に酒器と酒肴を置く。

しまったな。藤吉郎の目的を推測する余り、会話が疎《おろそ》かになった。つい素の反応をしてしまったではないか。

というか、藤吉郎……秀吉《ひでよし》の子供？　どうなんだ？

史実ではその好色さに反して、子宝には余り恵まれなかった男だ。秀頼《ひでより》に至っては、間男説が声高に主張されるくらいだし。

「ほれ、源さ、一献」

「ああ、すみません」

藤吉郎が酒を注いでくる。流石《さすが》に清酒ではないが、それでも確かに悪い酒ではないようだ。

……やはり何かあるな。身銭を切って、人にただ酒を飲ませるタイプでもあるまい。

今度は俺が藤吉郎に酒を注いでやる。乾杯してから、同時に口を付けた。

「うん。美味《うま》い」

「じゃろう？」

藤吉郎が得意満面になる。さて、酒が入ったことで口が軽くなるか？　そろそろ本題に入る時間ではないかな、藤吉郎？

「源さ……」

「はい」

「源さの店の者から、源さは御城に登城していたと聞いたが。やはり、殿からの呼び出しかのう？　そういえば、最近噂《うわさ》にのぼっとる上洛《じょうらく》の件について、殿は何か仰っていなかったか？」

世間話のような気軽さで問うてくるが、藤吉郎の目はぎらついている。

なるほど、祝いを出汁《だし》に内情を探りに来たか。

相変わらず鼻が利く男だ。次の出世の機会が、上洛軍にあることをよく理解している。

「いえ、今日は村井様にお会いしていたのです」

「……そうか。村井様とのう」

露骨には態度に出さないが、それでもどこかガッカリしたような風情を見せる藤吉郎。

俺はそんな彼に、とっておきの情報を後出しする。

「ええ。足利将軍家からのご使者の饗応の件で」

藤吉郎の目が一層ぎらついた。まるで抜き身の刀のように。

「足利将軍家の……！　それじゃあ！」

「はい。上総介様は既に決意を固められたとのことです。足利家当主を奉戴し、上洛軍を起こすことを」

「そうか！　上洛軍を起こすか！」

藤吉郎は右手で作った握り拳を、左手の平に叩《たた》きつけた。ぱん！　と小気味よい音が鳴る。

「ならば、是が非でも参加せねば！　兵の準備に、それから、出来る限り早く殿に面会する機会を設けなければ！」

兵の準備はともかく、信長との面会？　アピールの為か？

「上洛軍への参加に名乗りを上げるので？」

「まあ、そうじゃな。それと、洲股城城主《すのまたじょう》の任を解いてもらえるよう願い出る」

「城主を解任？　またどうして？」

「……洲股城の戦略的価値は美濃攻めが終わると共に大いに下がった。その城主では余り旨味《うまみ》がない。ましてや、その地位に固執すれば、足枷《あしかせ》にだってなりかねん」

「足枷……」

「そうじゃ。洲股の城主のまんまでも、洲股勢を率いて上洛軍に加われと下知《げじ》があるかもしれん。が、城主という立場から、美濃の留守役の一人にされる公算が大きくなる恐れもある。なれば、前線で槍《やり》働きをしたいと志願して、それが為に城主を解任してくれと、そう言った方が上洛軍に確実に参加できるで」

「なるほど……」

ああ、やはり鼻が利く。どのような身の振り方をすれば、出世に繋《つな》がるかを嗅ぎ分ける力は抜きん出ている。

普通では、そう簡単に城主の地位を捨てようとは決心出来ぬものだ。

「よいと思います。藤吉様には、益々《ますます》功を上げて出世してもらわねばいけませんからね」

「そうじゃろ！　そうじゃろ！　いや、源さは話の理解が早い！」

藤吉郎の態度がガラリと変わる。俺の頭の中に警鐘が鳴り響く。

……ふん、機先を制してやるか。藤吉郎が次の言葉を口にする前に、こちらが先に口を開く。

言葉遊びも何もなく、直截《ちょくせつ》な言葉を口にする。

「銭は出しませんよ」

「……まだ何も言ってないだろうが」

「では、いらないのですね」

「いや、待つんじゃ。確かに、色々と入り用ではある」

「全く。ロクに返済しないままに、次から次へと同じ相手に銭を貸せとは、どの口が仰るのか」

「……全く返済してないわけではないぞ」

「ええ。ですが、全体から見れば微々たるものですよね？」

「………」

ぐうの音も出ない様子の藤吉郎。仕方ない、友人として助け舟を出してやろう。

「まあ、そうは言っても、手前と藤吉様の間柄です。条件次第では銭を貸すにやぶさかではないですよ」

「……………何じゃ？　その条件は？」

俺は内心にやりと笑う、完全に主導権を握った。

さあ、藤吉郎には何をお願いしようか？　ああ、何て悩ましいことだろう！

俺はその難問に上機嫌で取り組むことにした。

＊

丁稚《でっち》奉公であろうか？　まだうんと若い少年に先導されながら店の奥へ奥へと入っていく。

うんと若いといっても、案内役を任されるだけあって、同年代の他の子供と比べると驚くくらい受け答えや、礼儀がしっかりしている。

主人や先輩商人からの躾《しつけ》がよく行き届いているのが分かろうというものだ。

素直に感心する。が、その裏で、きっと客人にそう思わせるために、この少年に客人の取り次ぎを任せているのだろうな、などと考えてしまうのは商人の性か。

「こちらになります」

少年が示した奥座敷《ざしき》には、既に何人もの先客がいた。

俺は座敷に上がりながら、彼らに頭を下げてみせる。

「少し遅くなりましたかね？　山城屋《やましろや》さん、大黒屋《だいこくや》さん、神田屋《かんだや》さん、小津屋《おづや》さん、お待たせして申し訳ありませんね」

「いやいや、浅田屋さん、刻限にはまだ少し時がある。それに、芦屋《あしや》さんや遠江屋《とおとうみや》さんもまだ来ていないよ」

そんな挨拶を交わしながら、俺は座敷の空いた場所に座る。

今日は織田の御用商人らの寄り合いであった。情報交換と関係強化の為に、俺たち御用商人は定期的に集まる場を設けていた。

会場は毎回持ち回りで、それぞれの店で行われる。今日は山城屋の店の中で行われることになっていた。

「皆さん、岐阜への引っ越しは恙《つつが》なく？　私などは恥ずかしながら、店がまだごちゃごちゃと片付いていないのですが……。しかし、今日山城屋さんにお邪魔してびっくりしましたよ。どこもかしこも綺麗《きれい》に片付いているのだから。これは、私が不精なだけかもしれんぞと、反省の念を強めているところです」

「ははっ！　気にすることはありませんよ、浅田屋さん。ウチも似たようなものだから」

「ウチもそうですなあ。これは、我々が拙いのではなく、山城屋さんの差配の見事さを褒《ほ》め称《たた》えるべきでしょう」

「止めて下さいよ、神田屋さん。分かるでしょう？　今日は皆さんが集まるからと、無理やり形にしただけなんだから」

「それはそれは、ご苦労様でしたなあ、山城屋さん」

「全くです。岐阜に移ってから一回目の会合がウチの店の番だとは、運のなさにどれほど嘆いたことか」

山城屋が難しい顔でぼやく。すると、皆がどっと笑い声を上げた。

「おや、もう盛り上がっていらっしゃいますね」

「ああ、遠江屋さん、それに芦屋さんも。いらっしゃい」

「お邪魔します。遅くなりました」

「いやいや……」

遠江屋と、芦屋が連れ立って現れた。これで面子《メンツ》が揃《そろ》ったことになる。

それでもすぐに本題に入るということもなく、暫《しば》らくは引っ越しの苦労話や山城屋の不運についてなど、雑談に花を咲かせる。

「んんっ！　話は尽きませんが、ここらでちと真面目な話もしましょうか。皆様に、浅田屋さんから報告があると伺っています」

ホスト役として、今回は山城屋が場を取り仕切るようである。

山城屋がこちらに視線を向けてくる。俺は一つ頷くと、他の面々に向き直る。

「私から二つ、皆様にご相談したいことが。一つ目は、美濃商人のことです」

「美濃商人……」

「はい。此度、晴れて美濃は織田様のご領地となりました。つまり美濃商人も織田様の下についた。延《ひ》いては、我らの味方となったと言えます。しかし現状では、我ら尾張《おわり》商人と彼らとで、良好な関係を築けているとは言い難《がた》く。そのことを織田様はご憂慮なされています」

「織田様は何と？」

「美濃商人が反発したり、我らの足を引っ張るような真似《まね》は避けたいと。当然ですね。味方同士、足の引っ張り合いをするほど馬鹿らしいことはありません。そうならぬよう、彼らを真の意味で味方に組み込む必要があります」

「……具体的には？」

「織田様の御用商人を代表するこの面子の中に、新たに一人美濃商人を加えてはどうか、そのように織田様は仰いました」

「……………………」

暫《しば》し沈黙が場を支配する。

織田の代表的な御用商人、その甘い汁を吸える人間が増えることは、この場にいる全員にとって面白いことではとは言えない。

が、俺の言う、もとい、信長の言うことは尤もなことであるので、誰もが文句を付けることも出来ない。それで沈黙に繋がったのだ。

俺たち尾張商人だけが旨味を独占すれば、必ずや美濃商人の反発を招く。だからこそ、徐々に彼らにも門戸を拡《ひろ》げる必要がある。

その為にまずは一人、美濃商人をこの面子に加えようというのだ。

たった一人だけ加えるというのは、俺たち尾張商人を慮《おもんぱか》ってのことに違いない。

初めから織田様に尽くしてきたのは、我々尾張商人だ！　なのに、ポッと出の余所者《よそもの》が我らと肩を並べる立場になるのか！

まあ、これが偽らざる尾張商人の気持ちだろう。

だからこそ、彼らの気を逆撫《さかな》でしないように、加えるのは一人だけだと、まだ容認しやすい提案を投げ掛けているわけだ。

それでも面白くないものは面白くない。

しかし、その必要性はこの場の誰しもが理解できるはず。

そもそも、今ならまだしも、今後益々織田が大きくなれば、尾張商人だけで全てを回すことなど不可能になってくる。

故に、この流れは抗《あらが》いようのない流れであった。

「如何《いかが》でしょうか、皆様？」

「……織田様の言は尤もなこと。美濃商人を一人、この面子に加えることに否やはありません」

言葉とは裏腹に、面白くなさそうな顔で大黒屋が賛意を示す。すると、他の面々も同様に面白くなさそうな顔ではあるが頷いていく。

「それで、浅田屋さん？　その美濃商人というのはどのような御仁で？」

「美濃和紙を扱っておられる長良屋《ながらや》さんです」

「長良屋さん？　確かに大店《おおだな》ではあるが……。また、どうして？」

神田屋が率直な疑問を口にする。

まあ、不思議に思うのも仕方ない。長良屋は確かに大店だが、もっと大きい商いをしている商人が美濃にはいる。

敢《あ》えて長良屋が選ばれたのは、彼が扱う品目に信長が目を付けたからに他ならなかった。

――美濃和紙、播磨《はりま》の杉原紙と並び、日の本全土を見渡しても類を見ないほど上質な和紙として知られている。

この時代、戦国武将が出す書状は多岐にわたった。外交で朝廷や他の大名に文を出すこともあったし、国内でも感状などを始め、数々の公文書を発行する。

つまり、紙の需要は多かった。その為《ため》、上質な和紙はそれそのものが贈答品として贈られることも少なくなかったほどである。

「織田様が外交の際に文を認《したた》められたとしましょう。当然、祐筆《ゆうひつ》に美文を書かせるわけですが……。たとえ美文であれ、書きつける紙が粗悪では台無しです。では逆に、紙が途方もなく上質なものならば？」

「書状を受け取った相手を感嘆させられると？」

俺は頷いてみせる。

「はい。国内ならいざ知らず、国外では顔を合わせることすらない者も多いでしょう。そのような手合いとは、文だけが交流の手段となります。この文を重要視される。それが織田様の考えのようです」

「なるほど……」

場に感嘆の溜息が漏れる。

分かりやすい豪勢な品にばかり注目するのではなく、一見なんでもないような、されど重要かつ実用的なものに注意を払う。

信長は派手好きなくせに、このような細かい所にも目が行き届く。

なるほど、その視点は冴《さ》え渡《わた》ったものであった。

俺は他の面々が大いに納得したのを見計らうと、二つ目の相談に移ることとする。

「さて、二つ目の相談なのですが……。これは皆様も既にご興味を持たれているであろう、足利将軍家のご使者の件です」

ぴりりと肌が痛い。明らかに空気が一変した。一同の目がぎらりぎらりと光っている。

……だろうな。先に美濃商人の話をしたのも影響しているだろう。

新たなライバルの出現に、自らの存在感が薄まらないよう、信長にアピールする必要がある。

此度の足利家の使者の来訪は、その格好の場と言えた。

「我々は市井の町民でもあるまいし、ああ将軍家のご使者が来るとはすごいことだなあ、などと、只指を咥《くわ》えて見物するだけなどありえません。正式な歓待は、林様、村井様がなされますが、我々御用商人は御用商人で何かするべきでしょう」

一同が大いに頷く。

「して、何をしようと？」

「それを御相談しようと思っております。無論、ご使者の皆様に喜んで頂けることですね。我々がご使者を大いに喜ばせれば、織田様も大層満足なさるでしょう」

「確かに……。が、何かすると言っても、催し物の類は難しそうです。ご使者の日数に余裕があればよろしいが。そうでなければ、織田様との正式な遣《や》り取《と》りだけに終始し、そのまま帰られるやもしれません。故に、商人らしく贈り物が無難でしょうか」

「でしょうなあ」

「それでよろしいかと」

「では、問題は何を贈るかですが……。贈る相手は、ご使者は当然のこととして、後は、足利将軍家のご当主様への贈り物として持ち帰って頂く品に……」

「贈る相手はまだおりますぞ！」

一同の視線が、最後の発言者である小津屋へと向けられる。

「実は、此度のご使者が美濃出身の方と聞き及び、その使者殿がどのような御仁か知っておる者はいないかと、方々に聞き回ったのです。そこで耳寄りな情報を入手しましたぞ！」

「ほう。それは如何なものでしょう？」

問い掛けに、小津屋はずいっと身を乗り出す。

「何でも、此度のご使者の代表であらせられるのは、明智《あけち》様という御仁だそうですが……まあ、それは皆様も既にご存じでしょう」

一同は頷く。そんな周知の情報ではなく、早く本題に入れとばかりに視線で先を促す。

「何でも、明智様が美濃におられた頃は、大層な愛妻家として知られておったそうで……」

「ほほう、愛妻家、ですか……」

「ええ。大層な愛妻家だった、と。最早、皆まで言わずともお分かりですね？」

この言葉に、一同の眼光は益々ぎらつく。まるで格好の餌場を見つけた烏《からす》のようだ。誰より先に群がり、誰より先に喰《く》らい付く。正に商人らしい男たちだ。

「土産の品で明智様の奥方を喜ばせることが出来たなら、それはそれは、明智様も満足なさるに違いない。そういうわけですな？」

「奥方が喜びそうなものを用意せねばなりませんなあ」

「時に小津屋さん。その奥方の為人《ひととなり》は？」

「さて、慎《つつ》ましく聡明《そうめい》な奥方だった、と明智家のことを知る者は口を揃えますな」

「ふーむ……」

一同、思案気な顔付きになる。

……慎ましく聡明な奥方、か。

そうは言っても、女人である以上、着物や装飾品に無関心とも思えぬが。

さりとて、公家《くげ》の娘に贈るように、目が眩《くら》むほど豪奢《ごうしゃ》なものばかり贈ればよい、というわけにもいかないか。

「武家のよき奥方、となれば、実用的なものを好まれましょうか？」

「華美に過ぎるのはよくないと思いますね。ですが、一つ二つは、それは見事な品を贈るべきでしょう。それも女人が好みそうな。とくれば、贈る物は決まったも同然でしょう」

「我らが舞蘭度たる新有松《ありまつ》織。当然ですな。それと、贈る着物に合った簪《かんざし》の一つや二つくらいなら、豪奢なものでも眉を顰《ひそ》めはしますまい」

「それ以外の品は、華美さは抑えた細々とした実用品でしょうか？」

「ひょっとすると、書の類も好まれるかも。源氏物語全巻などどうです？」

次から次にとめどなく贈り物の候補が挙げられていく。

「これは忙しくなりますなあ。色々と掻《か》き集《あつ》めませんと」

忙しくなる、などと口にしながらも、山城屋の声音には喜色が滲《にじ》んでいる。

「皆様！　互いに力を合わせて、織田様の下には尾張商人あり！　と、ここ岐阜でも大いに示しましょう！」

「「応！」」

そのように最後は締《し》め括《くく》る。

よし、よし。これで、御用商人らの働きぶりには、信長も満足することだろう。後は……。後は、貞勝から丸投げされた宿題だけ、か。

やれやれ、あれはどうしたものか。

光秀は既に越前《えちぜん》を発《た》った。余り時間は残されていない。

俺は残された難問に、頭を悩ませるのであった。

＊

浅田屋岐阜支店、その奥の自室にて一人瞑想《めいそう》するように目を瞑《つぶ》り、じっと正座している。

無論、瞑想しているのではなく、考え事をしているのだ。

考えているのは、貞勝から依頼された件に他ならない。つまり信長の無茶振り——何ぞ、使者の度肝を抜くような催し物をせよ、という難題だ。

使者が只の愚物であったならば、銭に物を言わせて、豪華絢爛《ごうかけんらん》な催し物でもすればいいのだろうが……。

相手は、あの明智光秀だ。そんな見せ掛けだけの催し物をしても、白けさせてしまうだけなのではないだろうか？

少なくとも、驚嘆させることはできそうにない。

うんうんと唸《うな》るが、信長侮り難しと、一向に良案が浮かばない。

光秀が感嘆する。武将としてだけでなく、文化人としても秀でたあの男を感嘆させる。

……何か文化的な催し物？　連歌会とか？

楽しんではくれるかもしれないが、感嘆するか？　そもそも信長の歌人としての力量は如何なのだろう？

いや、信長自身の教養を見せつけるのではなく、家中には武人以外にも、これほどまでに文化人も揃っているのだ、と見せつけるか？

うーむ、イマイチだ。感心はするかもだが、やはり感嘆はしないに違いない。ましてや、度肝を抜くことなど……。

俺は目を開けると、頭をガシガシとかく。

「まいったな……」

そう呟《つぶや》きながら腕を組み直していると、ぎっぎっぎっと、廊下の木板の上を歩く足音が近づいてくる。障子に影が差した。

「旦那様、津島の奥方様より文が届いております」

「於藤から？　ありがとう」

礼を言って、家人から於藤の文を受け取る。考えに行き詰まっていたことだし、気分転換にと、早速於藤の文を読むこととする。

於藤の文には、出産に向けて万事恙なく暮らしていること、俺が岐阜での新たな暮らしで無理をしていないかを案じる旨がつらつらと認められていた。

最後はこのように記されている。

『旦那様の文では、岐阜支店の立ち上げは大変なご苦労も多いけれども、無理だけはしない範囲で頑張っていると、そう書かれておいでです。

他の家人の話でも、旦那様は精力的に働かれ忙しくなさってはいるが、健康に問題はないと言います。

ですが、これは身重の私を案じてそのように仰っておられるのでは？　どうしてもそのように不安になってしまうのです。

古人曰《いわ》く、聞かざるは之《こ》れを聞くに若かず。之れを聞くは之れを見るに若かずと申します。

どうして私は今、旦那様のおられる岐阜にいないのだろう？　どうして津島で安穏とした暮らしを送っているのかと、今更ながら後悔して止みません。岐阜にいたならば、よくよく旦那様のご様子を窺《うかが》い、ご無理をなされているのならお休み下さるようお願いすることも出来ましたのに。旦那様が倒れられたらどうしようかと、想像するだけでとても苦しいのですから。もしも、本当に倒れられたと聞けば、一体どれほどの心痛に襲われることでしょう？旦那様、こんな心配性な藤の為にも、どうか、どうかくれぐれもご自愛なされるようお願い申し上げます』

読み終わると、少しばかりの気まずさを覚える。倒れてこそいないが、大丈夫、大丈夫と言いつつ、無理を重ねている自覚はあったので。

精力的に働くのも大事だが、過ぎたるは及ばざるが如《ごと》し。きちんと休息も取らないとなあ。何をなすにも、結局健康な体こそが第一の資本なのだから。

「でも、そうか。聞かざるは之れを聞くに若かず。之れを聞くは之れを見るに若かず、か」

文の一部分を諳《そら》んじる。

――聞かざるは之れを聞くに若かず。之れを聞くは之れを見るに若かず。そして、之れを見るは之れを知るに若かず、だ。

何を下らない迂遠《うえん》な方法ばかりを考えていたのだろう。もっとシンプルでよかったのだ。

俺は貞勝の依頼、信長の無茶振りに対する答えを見出《みいだ》したのだった。

＊

「こちらです、明智様」

そんな声に従い渡り廊下を歩いていると、ふっと夜風が流れる。ああ、酒精で火照った頬に気持ちいいことだ。

私は今、案内役に先導され、今夜泊まる為の客間へと向かっていた。

足利家当主の使者である私のことを、織田様は丁重にもてなした。

織田領に入った途端、岐阜に向かう道中でも何くれと一行の世話を焼くことに始まり――どうも、織田様より各地の領主たちは、我々へのもてなしを相当強く厳命されていたようだ。

岐阜に到着してからも、これ以上なく恭しく出迎えられた。織田様は、武家の当主として、古式に則って最上の礼を尽くしたと言えよう。

それらから、織田様が足利家当主をないがしろにしない、その意向を最大限汲《く》み取《と》ろうという姿勢が見て取れた。

また、織田様が世間で言う所のうつけではなく、きっちりと礼法を押さえる御仁であるということもよくよく分かった。

しかし……。今回の訪問ではそれ以上のことは分からなかった。

いや、むしろこれは当然のことで、先に述べたことを確認できただけでも、使者としての役目を果たしたと言えよう。

が、内心残念に思っていた。織田様という、明らかに常人とは一線を画する御仁、その為人を深く理解することができなかったので。

先程までの宴席――岐阜城に登城した初日の締め括りとして、織田様自らも出席される宴席に招かれたのだが……。

そこでも、織田様は自らの腹の内までは見せてはくれなかった。二、三、直接言葉も交わしたのだが、ありきたりな応酬に終始してしまったのだった。

……何とも欲張りなことだ。

私は苦笑する。

いくら何でも初顔合わせで、そこまで自身をさらけ出す者もいないだろう。

織田上総介、この男に期待する余り、ずいぶんと図々《ずうずう》しい願いを持ったものだ。

此度は大過なく役目を果たした。それだけでよかろう。また後日、織田様の為人を深く知る機会もあるに違いない。

「明智様、こちらにございます」

っと、考え込んでいる内に、客間へと到着していたようだ。

案内役は一つの部屋を恭しく指し示す。

その部屋は障子が閉め切られている。部屋の内側で灯《とも》された灯が障子をぼうっと淡く照らす。そして――。

そして、その灯によって、一人の男の人影が障子に映し出されていた。

私はそれを見て取って、案内役に問うような視線を向ける。しかし、案内役は黙して頭を下げるばかり。

つまり、案内した客間を間違えたというわけでもなければ、ここに先客がいるのも、かねてからの予定通りということだろう。

その事実に、童のように胸を高鳴らせる。

――織田上総介、やはり型通りのもてなしで終わる男ではなかったか！

さて、鬼が出るやら蛇が出るやら。

私はそっと障子に手を伸ばすと、ゆっくりと横に引いた。

「ッ！」

「何を驚いておる。飲み直しじゃ、明智殿。まだ飲めるであろう？　早う、ワシの前に座るがよい。さあ」

そうか。そう来るか！　何とまあ、余りに型破りではないか！

されど、私に否やはない。むしろ望むところ。あちらから胸襟を開いたのだ。ここで飛び込まずに何としよう！

私は織田様の面前に座る。手を伸ばせば容易に届く距離。

案内役は障子を閉めると、ゆっくりと歩み去っていった。二人きり、差し向かいで酒を酌み交わすというわけだ。

織田様は何やら楽し気な表情を浮かべながら酒杯に口を付けている。

私もまずは一口、酒杯に口を付けた。

「明智殿、今夜は無礼講じゃ。あいにく酒《さけ》の肴《さかな》は用意していない。形あるものはな」

「つまり、交わす言の葉が、酒の肴というわけですな？」

織田様が笑みを深くする。是、ということだろう。

真っ先に無礼講と言ったのだ。ずいぶんと踏み込んだことを聞いてもよいと判断できる。されど、何を聞いたものか？

足利家当主へどのような思いを抱いているか？　上洛を果たす気はあるか？　足利家を担いで上洛することで、何を求めるのか？

何とつまらぬ問い掛けであろう。使者に徹するのであれば、それで正解だ。ならばが、織田様にここまでさせて、そんなつまらぬことをどうして聞けようか？

……。

「御言葉に甘えて、一つ問い掛けをさせて頂きます。——織田様の望みは何でありましょうや？」

「ワシの望みとな？」

「ハッ！　足利家に求める見返り、そういう意味でなく。織田様自身の望み、あるいは大望と言い換えましょうか？　飛ぶ鳥落とす勢いで勢力を拡大なされている、断固とした意志で以《もっ》て、前へ前へと進まれる、その先に何を望まれるのです？　貴方《あなた》様は、この日の本で何をなすのでしょうか？」

「日の本で何をなすか……。フン、ワシは先見が出来ると抜かす胡散臭《うさんくさ》い輩《やから》ではない。未来で何をなすかなぞ、分かろうわけもない」

そのような言葉で誤魔化すのか、と失望しかけたが、それは誤りであった。

織田様は言葉を続ける。

「じゃが、代わりに夢を語ってみせよう」

「夢、ですか？」

「そうじゃ。夢じゃ」

そう言って、織田様は宙を見上げる。どこか遠くを見詰めるような瞳になった。

「ワシは美濃を下し、北近江《きたおうみ》の浅井《あざい》と同盟を結んだ。三河《みかわ》の松平《まつだいら》も入れれば、これで、三河、尾張、美濃、近江の道を結んだ」

「道？」

「商道よ。物と銭が通う道じゃ。そして、銭そのものを生み出す道でもある」

商道……。領地そのものではなく、道を織田様は重視なさるのか。

「更に足利家御当主を推戴し、上洛を果たせばどうなるか？　東海道《とうかいどう》、東山道《とうさんどう》を経て、その後は琵琶湖《びわこ》の水路を渡り、道は畿内《きない》へと通ず。京の都に、そして堺《さかい》まで道を延ばせば、日の本最大の港から、日の本中、果ては唐国までも道は通じよう」

壮大な話ではあるが、それが何だというのか？

商いの道を拡げる？　それで大量の銭を懐に収めるのが望みだと？

「……織田様は銭を望まれるのか？」

「銭も望むが、それだけでは片手落ちじゃ。銭は、ワシの夢を叶《かな》える為の両輪、その片輪よ。明智殿、商道を延ばすために必要となるものは何だと思う？」

「……商道を延ばす、これを領地を拡げると置き換えれば、それは兵でありましょう」

私の答えに、織田様は頷かれる。

「その通りじゃ。商道を延ばす、より一層銭を稼ぐために必要なのは兵じゃ。戦をして道を拡げる。では、戦には何がいる？」

織田様は銭を両輪の片輪と言った。その言葉を念頭に置けば、答えは……。

「銭、でありましょうか？」

織田様は再び頷かれる。

「そうじゃ。兵を、武具を、兵糧を、揃え維持する。これには莫大《ばくだい》な銭がいる。また、商道を拡げるには強い兵がいる。……つまり、これらは一方通行の関係性でなく、互いが互いを必要とするのじゃ、比翼の鳥の両翼のように」

「故に、銭と兵は、織田様の夢を叶えるための両輪であると？」

私の確認の問いに、三度織田様は頷かれた。

「商を活発にし、銭を稼ぐ。それを以て兵を養う。養った兵で更に商道を拡げる。それを以て、更なる銭を稼ぐ。更に稼いだ銭で、より兵を強く養う。この繰り返しよ！　ワシはこの方針を貫き、やがて日の本を統一する！　さすれば、各大名に分割され、それが為に一国家として強くなる機会を喪失しておる今の日の本を変えることが出来る！　富国強兵！　これを以て日の本を、唐、天竺《てんじく》、南蛮、あるいは、まだワシらの知らぬ国に比しても負けぬ、いや、勝つことのできる、世界に冠たる強国へと押し上げる！　他の誰でもない！　ワシの手で！　ワシの手でそれをなす！　それこそがワシの見る夢よ！」

何と……！　何という夢を見るのか！

織田上総介、この男にとっては、天下統一、日の本を統一することすら、夢の途上であるのか！　考えていることが違う！　見ている世界が違う！　これが、織田上総介信長という男か！

気付けば、私は織田様の眼前で平伏《ひれふ》していた。

「何の真似じゃ、明智《あけち》殿？」

織田様の疑問の声が頭上から降ってくる。

何の真似か？　気付けば頭を下げていたわけだが、己の心はもう決まっている。だから、答えに窮することもない。

「どうか、この明智十兵衛《じゅうべえ》光秀《みつひで》も、織田様の下にて織田様の夢を叶える為に働かせてもらいたく」

一瞬の沈黙。やがて、織田様は口を開かれた。

「差し許す。励め、明智十兵衛」

「ハッ！」

美濃を去り、越前で長らく無聊《ぶりょう》をかこってきた。しかし、それも今日で終わる。

私は、私の歩むべき大道を見出したのだから。

＊

旅装を身に纏《まと》った私は、供の者たちを後ろで待たせつつ、見送りに来て下さった村井殿と言葉を交わす。

「わざわざのお見送り、有難《ありがた》く存じます。岐阜逗留《とうりゅう》中は、村井殿のお陰で快適に過ごせました」

お世辞ではない。我々の受けた歓待、その一切の実務を取り仕切られた村井殿のお陰で、我々は何一つ不満なく逗留することができた。

細々としたことまで気を配られる彼の仕事の丁寧さには素直に感心させられる。手際のよさに至っては、最早感心を通り越して驚きすら覚えた。

「それはようござった。明智殿、私からも御礼《おれい》を。逗留中、折に触れて聡明な明智殿と語り合えたのは、有意義な時間でした。また、存分に語り合いましょうぞ」

「ええ」

村井殿の言もお世辞でなければよいのだが。

自分が一角の人物と認める御仁には、同様に一角の人物と思われたいもの。

これは、次に語り合う時まで勉学を怠るわけにはいかぬな。

私は供の者たちが待つ方を振り返る。そうすると、否応《いやおう》なしに過分なまでの土産物が目に入る。

「……あれらの品にも、感謝の言葉が尽きません。こうも歓待され、素晴らしき土産まで用意されるとなれば、今後織田様への使者になりたいという者が、全国に後を絶たぬでしょうな」

冗談半分でそのように言う。村井殿は肩を竦《すく》められた。

「ここだけの話、使者が来る度に、毎度毎度こうも銭をかけていては、さしもの織田とて素寒貧になってしまうでしょうよ」

「はは、そうでしょうとも！」

互いに笑い合う。ふっと、村井殿の方が先に笑みを抑えられた。

「それと、あの土産の大半は我々が用意した物ではありません。商人どもが、勝手に持ち寄ったのですよ」

「商人……」

村井殿が頷く。

「連中は有能です。味方にすれば頼もしくもある。が、油断の出来ぬ烏どもですよ。明智殿も注意なされよ」

「烏ですか」

「左様。余りに利口で貪欲だ。……そうら！　機を逃さず、烏が一羽舞《わ》い降りてきましたぞ！」

村井殿の視線の先を見る。そこには一人の若者が立っている。

やや細身の体付き、控え目ながら上等と分かる小奇麗な格好からは、その財力が窺い知れた。

もしかしなくとも、あの若者が……。

「村井様、烏とはあんまりじゃないですか」

「ほざけ、大山《おおやま》！　殿から聞いたぞ。お主が自ら、烏を名乗ったとな」

「さて、そうでしたかね？」

そんな風に村井殿と話しながら、若者はこちらに歩み寄ってくる。

私の前まで来て、足を止めた。

「明智様ですね。お初にお目にかかります。手前、織田様の御用商人、浅田屋大山源吉《げんきち》と申します」

「お主が、浅田屋か……。噂はよく聞いておる」

丁寧な物腰、温和な顔立ち。それらだけ見れば、全く警戒の必要などない。

が、目が違う。野心に溢れるこの目は、只の商人に収まる男の目ではない。

なるほど、これは油断ならぬ。

あの晩、織田様と語り合う前の私なら、単純にこの出会いを面白がったかもしれぬが……。

己の進むべき道を知った、織田様に尽くすと決めた今では、俄然《がぜん》警戒心が湧き起こる。

「明智様、織田様の夢は如何でしたか？」

出し抜けに大山が問い掛けてくる。そうか、あの晩の語らいは、この男の差し金か。

「うむ。蒙《もう》を啓《ひら》かれた気分じゃ。織田様の夢を共に見たい。その夢の後押しをしたいと思うた」

「そうですか……」

ふむ。私が大山を警戒するように、どうも大山も私を警戒しているらしい。

ここは一つ言い返してみるか。

「お主こそ、どうなのだ？　お主も織田様の夢を後押ししたいと？」

「ええ、勿論《もちろん》。何せ、それが手前の夢を叶えることになるでしょうから」

「お主の夢？」

大山は獰猛《どうもう》な笑みを浮かべる。

「史に名を刻む天下一の商人になる。古の呂不韋《りよふい》のように天下人を生み出すことによって。それが手前の夢です」

「なるほど、真《まこと》そのように、織田様の覇業を支えるだけなら結構なことだ。……一つ忠告しておこう」

「何でしょうか？」

「あくまで、商人の領分を踏み越えぬことじゃ。もしもお主が、呂不韋のように織田家中の権力を欲したならば、その時は末路までも呂不韋と同じ道を辿《たど》ることになろう」

半分は、本当に忠告として、もう半分は釘《くぎ》を刺す為《ため》に言った。

その財力で、荘襄王《そうじょうおう》の即位を後押しした呂不韋。荘襄王没後は、息子の政《せい》を玉座に据え、自らは宰相として権力を恣にした。

が、成長した秦王《しんおう》政に、後に始皇帝となる若者に処断されることとなるのだ。正に己が領分を踏み越えたが為に。

大山が、織田家中での権力を欲したならば、誰にとってもよくないことになるだろう。無論、大山含め。

私の言に暫し沈黙していた大山だが、一つ頷くと口を開く。

「ご忠告感謝します。御礼に、手前からも忠告申し上げましょう」

「ほう？」

「貴方様こそ、織田様の夢の為、懸命に働かれるのはよろしいが、くれぐれも李通古《りつうこ》にはならぬようご注意なされませ」

李通古……法家の体現者、李斯《りし》を引き合いに出すか！　何とまあ、恐れ知らずな返しをしてくるものよ！

李通古、名宰相として秦の中華統一に多大な貢献をした男。

されど活躍の陰では、自身の政敵を讒言《ざんげん》により貶《おとし》めるなどの後ろ暗いことを行った。

果てには、始皇帝没後に遺言を改竄《かいざん》して、太子を死に追いやり暗愚な胡亥《こがい》を玉座に据えた。

有能で功も多かったが、最後に道を誤ったことで自身を、国を破滅に追いやった男だ。

「私は、李通古になりそうに見えるかね？」

「さて、何せまだ初対面ですから。ただ……」

「ただ？」

「存外、謀《はかりごと》にも長《た》けているようにお見受けしたので。それで忠告申し上げました」

そんなことを、大山は涼しい顔で言う。私はその顔を目を細めて見やった。

「全く、肝の据わった物言いよ。……織田様が気に入るわけじゃ」

くくっ、と意図せずして笑いが込み上げてくる。

この商人の命知らずな暴言に、怒りを通り越しておかしさを覚えた。

「相分かった。お主の忠言、ゆめゆめ忘れぬようにしよう」

私が笑い混じりにそう答えると、背後から『ごほん！』とわざとらしく咳《せ》き込《こ》む音がする。

「物騒な話は終《しま》いですかな？　明智殿に大山も、この岐阜城下で、金輪際斯様《かよう》な発言は控えて欲しいものじゃな」

じろりと睨《にら》み付《つ》けながら、村井殿が低い声音で言われる。全く尤もなことであるのに、どうしてかこれもおかしく感じられる。

それは大山も同じであったようで、私も大山もついに堪え切れず吹き出してしまったのだった。

第二章　畿《き》内《ない》制圧

明智《あけち》光秀《みつひで》との会談で、信長《のぶなが》が義昭《よしあき》を奉じての上洛軍を起こすことを鮮明にしてからというもの、信長の動きは迅速を極めた。

越前《えちぜん》に滞在している義昭を迎えるため、村井《むらい》貞勝《さだかつ》らを派遣。

すぐさま義昭を美濃《み》立政寺《のりゆうしようじ》に迎え入れる。

義昭が僅かな手勢と、織田《おだ》の手の者らと共に立政寺を訪れ、最初に目にしたのは、信長からの山のような貢ぎ物であった。

千貫文をこれでもかと積み上げ、その他、御太刀、御鎧などの武具、御馬、等々を献上する。

これには、義昭も大層感激したようであった。

更に信長は、義昭という神輿《みこし》を手に入れるや、南近江《みなみおうみ》の六角《ろつかく》に使者を送り、正統なる足利《あしかが》家当主の為に、上洛に協力するよう要請。が、六角はこれを拒否。

されど、それは織り込み済みとばかりに、諸将を集めて瞬く間に六角討伐の軍を挙げたのは、永禄七年四月末のことであった。

俺は岐阜城《ぎふじょう》の一室で信長に謁見した。

既に諸将らの兵の準備も終わり、明日には信長自身が義昭に出馬の挨拶をした後に出陣となる。

その為、岐阜城には、出陣前特有のひりつく空気が漂っている。そんな真《ま》っ只中《ただなか》、登城させられるとはやれやれである。

「うらなり、聞き及んでおろうが、ワシは明日出陣する」

「はい」

「何かワシに申し付けておくことはあるか？」

ふむ。暫く会えなくなるので、何か伝えることがあるなら先に言っておけ。そういうことだろうが……。

「手前からは特には……。上総介《かずさのすけ》様は、手前に何かありますでしょうか？」

「いや、ない。美濃を落としてより、万事恙なく回っておる。特段、注意すべきことも思い当たらぬな」

「左様ですか」

互いにこれといった用件もなし、と。

まあ、忙しいばかりの日々だ。偶《たま》にはこういう日があってもよいだろう。

「六角討伐、その後の上洛、これらに何か言いたいこともないか？」

「そうですね……。今更、六角如きに上総介様が手こずるとは思えません。手前が何か言わずとも、問題なく勝利なされるでしょうが。折角です、一つ申し上げましょう」

「何じゃ？」

「より手際よく六角を討伐なさりたいと思われるなら、昨年織田様に恭順した美濃勢を上手《うま》く使われませ」

「美濃勢を上手く……」

信長は思案するように宙を見、直後に得心いったような笑みを浮かべる。

「商人の言う、上手く人を使うとは、無理に動かすのではなく自ら動くように仕向けることじゃったな？」

俺は黙したまま頭を垂れた。

＊

夜営中の陣地で、ぱちぱちと音を立てる篝火《かがりび》の灯が、三人の男の顔を照らす。揃いも揃って難しい顔をしていた。

彼らの名は、氏家卜全《うじいえぼくぜん》、安藤守就《あんどうもりなり》、稲葉《いなば》一鉄《いってつ》、俗に西美濃三人衆と呼ばれる男たちであった。

卜全がまず口を開く。

「つい先程、箕作城《みつくりじょう》が落城したとの知らせがあった。夜明けを待たず、一晩の内に支城を一つ落とすとは鮮やかなものじゃが……」

「ああ、鮮やかじゃが、不可解だ。まさか、箕作城で戦端が開かれることになろうとは……」

「うむ。戦端を開くのは、我々がおる和田山城《わだやまじょう》攻めの軍勢とばかり」

三人衆がそのように不思議に思ったのも無理はない。

彼らは必ずや、美濃勢が先陣を命じられるだろうと思っていたのだ。

それというのも、戦国の習いでは、恭順したばかりの将が先手として投入されるのが慣例であったので。

が、現実はそうはならなかった。わざわざ、慣例を無視したということは、そこには信長の何らかの意図があることになる。

「何故《なぜ》、織田様は慣例を無視なされたのだと思う？」

卜全が問う。守就が苦し気に顔を歪《ゆが》めた。

「考えられるとすれば、よっぽど我ら美濃勢を信用されてない。そうとしか思えぬ」

「拙《まず》い。何とか、信用を勝ち取らねば！」

一鉄が焦ったように言い募る。卜全が二度、三度頷く。

「正に、正に。……よいか、御両人。これより同時に、我ら美濃勢で和田山城に猛攻を掛けるのだ。多少の損害なぞ気にせずにじゃ。誰が見ても感心するような戦ぶりを示さねばならん。よいな？」

守就と、一鉄が互いに目配せし合う。直後、二人して頷いた。

夜の闇の中、美濃勢は天を衝《つ》くような雄叫《おたけ》びを上げ、和田山城に攻め掛かる。その戦ぶり、正に獅子《しし》奮迅の如くであった。

これにより、何と和田山城もまたロクな抵抗も出来ぬまま落城する。

六角との戦端が開かれるや、まずは箕作城が木下《きのした》隊により、続けて和田山城が美濃勢により、共に初日で落城することとなった。

たった一日すら持たずに、支城が二つ落城したことを知った観音寺城《かんのんじじょう》の六角義治《ろっかくよしはる》は、酷《ひど》く落胆すると共に、自らの不利を悟らずにはいられなかった。

結局、彼は観音寺城を放棄。二日目の晩に、夜陰に紛れて落ち延びていった。

当主義治の逃亡を知った六角側の各城は戦意を失い、一つまた一つと、容易《たやす》く落城した。

織田方は、初日の攻防で、六角との戦いの趨勢《すうせい》を決めてしまったのである。

そう、源吉《げんきち》の言う通り、美濃勢を上手く使うことによって。

＊

——織田、六角を鎧袖一触《がいしゅういっしょく》！　勢いそのまま京を目指し西進中！

この恐るべき報《しら》せは、瞬く間に畿内全域を奔《はし》った。

もとより、昨今の織田の勢いの凄《すさ》まじさは既に知られていたし、彼が義昭を奉じて上洛軍を起こしたことも知られていた。

が、それでも六角氏がそれを阻まんとしている以上、仮に織田の入洛《にゅうらく》が叶うことになろうとも、それはまだ先のことと思われていたのだ。

しかし現実はどうだ！　織田は正に六角を鎧袖一触にしてしまったのだ。

六角を退けた今尚《いまなお》、浅井《あざい》、松平《まつだいら》らの援軍を合わせた、六万とも七万とも言われる大軍は健在であり、最早その畿内入りは間違いないものとなった。

この事実は、畿内の諸勢力をこれでもかと動揺させた。

複雑に絡み合った畿内の勢力図が、織田という台風の目によりかき乱されるに違いなく、自らはどのような身の振り方をすべきか悩んだ。

わけても、今現在京の都を押さえている三好《みよし》三人衆に至っては、恐慌に近いほどの混乱ぶりを示していた。

「何たることだ、殿が亡くなられたばかりだというのに……」

呻《うめ》きながら頭を抱えたのは、三好三人衆の筆頭たる三好長逸《みよしながゆき》であった。

彼の言う通り、三好家当主であった長慶《ながよし》は既にない。

かねてより病床にあったのだが、先の将軍を弑《しい》したこと、更に織田が上洛軍を起こしたこと、これらから来る心労が重なり、半月前に亡くなっている。

新たな当主として、長慶の養子の義継《よしつぐ》が就いたが、未《いま》だ若年のこともあり、三好三人衆が義継を支えてこれからの困難を乗り越えようと誓い合ったばかりであった。

その矢先の、織田襲来の凶報である。頭を抱えたくなるのも無理はないだろう。

「畿内の諸勢力を味方につけ迎撃せねばならんが……」

長逸は視線を持ち上げ、自らの部下たちの顔を見回す。

「方々にやった使者の返事は？」

長逸が問い掛けるが、彼の側近たちは押し黙るばかりだ。

「……芳しくないのか。松永《まつなが》は、松永は何と言っておる？」

長逸は、三好家の重臣である松永久秀《ひさひで》との連絡を任せた男を見やる。が、その顔も苦渋に歪むばかり。

「愚かなことを聞いた。あの抜け目ない男が、この期に及んでまだ寝返っていないわけもなかったわ！　思えば彼奴《きゃつ》は、先の将軍殺しにも参加しておらなんだからな！　ほんに抜け目ない。だからこそ、容易く寝返ることができるというわけだ！」

長逸はギリリと歯ぎしりすると、血走った目で別の男を見る。

「雑賀衆《さいか》はどうか!? 彼らは何と言っておる！」

「そ、それが……」

「まさか断られたのか？」

「い、いいえ、断られたのではなく……」

歯切れの悪い返事に長逸は苛《いら》つく。

「では何だ!?」

「その、反応が鈍いのです」

「反応が鈍い？」

「はい。常の彼らなら、即断即決。是なら是、非なら非と、すぐに返事があるのに。此度ばかりはどうも、反応が鈍く……」

「もうよい！ 言い訳であろうが！ もたもたするな、すぐに協力の返事を引き出せ！よいな！」

「はい……」

長逸は苛立《いらだ》ちのまま己の髪を掻《か》き毟《むし》る。

「どうにか、どうにかせねば……」

結論から言うと、どうにもならなかった。

破竹の勢いで進軍する織田軍を前に、三好はロクに戦うことも出来ぬまま蜘蛛《くも》の子を散らすように追い払われたのだった。

──永禄七年六月三日ついに、信長は義昭を奉じて、入洛を果たす。

そして同月十九日には朝廷から将軍宣下を引き出し、義昭は足利幕府十五代将軍に就任した。

＊

──紀伊国《きいのくに》　十ヶ郷《じっかごう》
「聞いたか、兄弟！　織田がついに入洛を果たしたって……お前さんどうした？」

障子を開けた太田定久《おおたさだひさ》は目を丸くした。

部屋の中で、雑賀衆の棟梁《とうりょう》たる鈴木孫市《すずきまごいち》が顔を青白くしながら座っていたからだ。

「寒い、寒いんじゃ……」

「寒い？」

はてと、定久は首を傾《かし》げる。

今日は朝から陽気がよく、暖かな一日である。

だが確かに、孫市は両腕で体を掻《か》き抱《いだ》くようにしながら震えている。

「何じゃ、風邪でも引いたんか？　まあ臥《ふ》せるほどじゃなければ、数日で治るじゃろ。それよりも織田よ！　ついに入洛を果たしたぞ！　これで畿内の情勢は更に混迷を深めるに違いない！　なれば我らの出番が増えるぞ！　って、何じゃ浮かない顔をして？」

「寒い、寒い……」

「……お前、本当にどうした？　様子がおかしいぞ」

定久は流石に不審を覚えた。

孫市の青白い顔を見て、それから、俯《うつむ》いた孫市の視線の先にあるものを見る。

それは銭袋であった。

「……その銭袋がどうかしたんか？」

孫市は視線を持ち上げると、じろりと定久の顔を見詰める。

その異様な目に、勇猛で知られる定久もついたじろいでしまう。

「お前、四年前に織田が上洛を果たすと聞いたら、それを信じたか？」

「はあ？」

孫市の不可解な問い掛けに、定久は怪訝《けげん》な声を出した。

＊

──堺《さかい》

「どえらいことじゃ。尾張《おわり》の田舎もんがついに上洛を果たしたぞ」

「ええ。我らも身の振り方をどうしたものか……」

場所は、堺の実力者たちの寄り合い所であった。

ここにいる面子の合議制で、日の本一の商人都市堺全体のかじ取りが行われると言っても過言ではなかった。

集まった男たちの顔は渋いものだ。

只でさえ混迷を極める畿内の情勢が、織田の入洛で更に深まる恐れがあった。

このまま、織田が完全に畿内を制するなら、話はまだ単純だ。

が、彼らにはどうもそうなるとは思えなかった。

彼らの予想では、各所で争いが勃発し、その度に畿内第一の実力者がころころ変わるに違いないと、そう踏んでいるのだ。

それは大層困る。すり寄るべき権力者にころころと変わられては、色々と面倒であった。

まさか、その度に大量の矢銭などを求められたのでは、堪《たま》らない。

「暫くは静観しますか？」

「んー、それはそれで、後々のことを思えば……」

ふと一人の商人が気付く。珍しく黙っている男がいると。その表情を見て、驚いた。

「今井《いまい》さん、どうしたのです？　そのように笑みを浮かべられて？」

「いえ、ね。夢が現実になったと、そう思いまして」

そう言って、今井宗久《そうきゅう》は更に笑みを深める。

普段、穏やかに微笑を浮かべる宗久の獰猛な笑みに、その場にいた一同は声もなく凍り付いたのだった。

＊

京の六条にある本圀寺《ほんこくじ》が、義昭の当面の仮御所として宛がわれていた。

信長率いる上洛軍も、本圀寺やその周辺の寺などを間借りしている。

今日俺が訪ねたのもそんな寺の一つ。信長が現在逗留している寺であった。

さて、浅田屋岐阜《あさだやぎふ》支店にかかりきりの俺が何故京にいるのか？

無論、信長に呼び出されたからに決まっている。

飛脚が店に飛び込んできたかと思うと、その手には信長からの文があったのだ。

文面は唯一行――『至急参上せよ』のみ。

岐阜城に在ってこれをするなら許そう。

が、京からこれはあんまりじゃないだろうか？

しかし文句を言えるわけもなく、至急と言われたからには、急ぎ出立の準備を整えて弥《や》七《しち》ら数人の護衛と共に京へと馳《は》せ参《さん》じたわけである。

京に着くや、宿で湯を借り旅の垢《あか》を落としてから、信長の下へと先触れを送る。

よし！　返事があるまでゆっくり休もうか、と思うも、迅速な行動力に定評のある信長は即返事を寄こした。

中身は言うまでもなく『至急参上せよ』である。

はあ、と溜息を一つ零《こぼ》すと、旅装から正装へと着替える。そうして、疲れた体に鞭打《むちう》って宿を出た。

信長が逗留しているという寺に向かう道すがら、街の様子を眺める。

通りには多くの人が行き交い、連なる店々からは威勢のよい声が飛ぶ。

一見するに活気に溢れているし、人々の顔に不安の色もない。

これは義昭や信長らが、京の人々に受け入れられている証左であろうか？

少なくとも、強い反発心は持たれてはいないようである。

そんな観察をしながら歩いていると、ほどなく目的地に到着する。

寺の門前に見知った顔が立っていた。

「明智《あけち》様！」

名を呼びながら、彼の前まで進み出る。

「おお、よく参った、うらなり殿」

光秀《みつひで》は満面の笑みでそのように返してくる。

はて？　どうして光秀が、信長の付けたあだ名で呼んでくるのだろう？

内心小首を傾げる。

「私が殿の下まで案内しよう、『うらなり』殿」

もう一度うらなりと呼んでくる。しかも先程よりやたら強調して。それに、『殿』付けも何ともわざとらしい。

「……ありがとうございます」

嫌な予感を覚えるも、取《と》り敢《あ》えず礼を言っておく。

光秀はついてこいとばかりに歩き出した。俺はその後に続く。

暫く互いに無言で境内を歩く。ふっと、出し抜けに光秀が口を開く。

「そういえば、先日私も殿にあだ名を付けてもらってな」

「はあ……」

生返事をするが、脳内には警鐘が鳴り響いている。

「急に私のことを『今通古《いまつうこ》』とお呼びになって。堪らぬあだ名だから、今通古は勘弁して下さいと申し上げたのじゃ」

「はい」

「すると、『今通古』か『金柑頭《きんかんあたま》』か好きな方を選べと仰る」

「ええ」

「まさか、まさか、『今通古』を選ぶわけにもいくまい？」

「そうでしょうとも」

光秀はぽんぽんと己の頭を叩く。

「はは、全く困ったあだ名を賜ったものだ！」

笑いながらそう言うが、目が全く笑ってないんだよなあ。

止めてくれ、冷え切った目で俺を見るのは。俺は何も悪くない。

というか、門前で待ち構えていたのは、この恨み言を言う為だったのか。

ったく！　信長め！　順調に本能寺《ほんのうじ》ファイヤールートを辿ってるじゃないか！

「……申し訳ありません、明智様」

「いやいや、『大山《おおやま》』は何も悪くないとも」

鬱憤晴らしも済んだのか、『うらなり殿』呼ばわりから、元の『大山』呼びに戻る。

「大山、そちらの部屋で待つといい。じき、殿もお越しになるじゃろう」

「はい。御案内、ありがとうございました」

光秀は踵《きびす》を返《かえ》して去っていく。

俺はじっとその後頭部を眺めた。……なるほど、金柑頭か。

俺は案内された部屋の下座に座る。

ほんの少し待っただけで、例のドタ、ドタ、ドタ！　という足音が響く。

慣れてくると、ああ、信長が来たなあと、心構えが出来てよいかもしれない。

「来たか！　うらなり！」

俺は平伏する。

「ええい！　頭を上げよ！　よう来たな、うらなり」

「はい。『至急参上しました』」

恨みがましく、文面をなぞった口上をしておく。すると、信長は大笑した。

……ふむ。機嫌は悪くない。むしろ相当よい。

さもありなん。ああも見事な快進撃で上洛を果たしたとなれば、機嫌もよくなるだろうさ。

「もしや間に合わんかもと思ったが、何とか間に合ったようで何よりじゃ。本当によく駆け付けた。褒めて遣わすぞ、うらなり」

「間に合った、ですか？」

俺の疑問の声に信長が頷く。

「うむ。実は、堺の商人どもがワシとの面会を求めて京に来ておる」

「堺の商人たちが？　上総介様が呼びつけたのですか？」

「いや……」

信長は首を横に振る。

「ワシが入洛してそう時を置かずに、堺からの使いが来た。ワシとの面談を求めてな。それで、うらなりの下に文を遣わしたのよ」

堺から、信長に接触を図ってきた？　それもこんなにも素早く？

「うらなりたちを見ていれば、商人が機を見るに敏なのは分かる。が、ワシが言うのもどうかと思うが、現時点で擦り寄るのは時期尚早に過ぎよう」

確かに信長の言う通り。

織田軍が上洛を果たしたとはいえ、三好三人衆を筆頭に、信長に逆らいそうな畿内の勢力は未だ健在。

ここからどう転ぶかなぞ、まだまだ分かるものではない。神か、それこそ俺のようなかつてあった歴史を知る者でなければ。

「堺の者たちは、こちらに向かっているところですか？」

「いいや。二日前に京に着いた。ワシとの面会は数日待てと引き延ばしておった所じゃ。……流石にこれ以上引き延ばせぬと思ってたところに、うらなりが間に合ったというわけよ」

「手前を待っておられた？　それは手前も面会の場に同席せよ、ということでしょうか？」

　信長が頷く。

「うむ。ワシも烏どもとの付き合い方は分かってきたが……。それでも尾張、美濃の烏と畿内の烏とでは、多少毛色も、もとい羽色も異なろう。上手く連中の狙いが見抜けぬこともあるやもしれん。ならば、いっそ贔屓の烏を同席させようと思っての」

「なるほど……」

　俺は思わず苦笑する。

「それで、堺の烏どもとの面会は明日辺りになりましょうか？」

「いや、今日じゃ」

「は？」

「うらなりからの到着の報せを受け取ってすぐに、堺の烏どもにも面会に来るよう使いを出した」

　……なるほど、ならば堺商人たちも俺と同じ目に遭い、慌ただしく面会の準備に追われているというわけだ。ご愁傷さまだな。

「うらなり、連中の此度の狙いは何だと思う？」

「さて、上総介様が如何《いか》なる御仁か見ておこうと思ったか。あるいは、『もしも』上総介様がこのまま畿内の実力者になられた時の為に、顔繋ぎ『だけ』はしておこうと思ったか」

「ふん。やはりそんなところか。抜け目ないことよ」

信長が鼻を鳴らす。俺は再度苦笑してみせた。

「殿！」

俺たちの会話が途切れた丁度そのタイミングで、信長を呼ぶ声が響く。

「何じゃ？」

信長の声と同時に、どこか困惑したような信長の小姓が現れた。

「堺の商人がやってきたのですが……」

「――？　やってきたからどうした？　ならばここに通せばよかろう」

単に堺の商人たちの来訪を告げるにしては、小姓の様子がおかしいので、信長が怪訝な表情を浮かべる。

「それが、何人もの人足に引かせた荷駄を伴っていまして。殿への献上品だから、殿の御前に運び込ませよ、と言うのです」

俺と信長は互いに顔を見合わせる。

「……許す。堺商人のよいようにせよ」

「はっ。畏《かしこ》まりました」

それから、人足たちが代わる代わる、部屋の一番下座に大荷物を運び入れていく。

その後に六名の年配の男たちが現れる。揃いも揃って上等な着物を身に纏っていること
から見て、彼らが堺の実力者たちであろう。
一同は運び込んだ荷物の前に揃って座すと、平伏した。一人先頭に座った男は、俺の見
知った顔である。
「……面を上げよ」
信長の許しに、揃って顔を上げると、先頭に座った男が口を開く。
「織田上総介様、本日は拝謁の御名誉に賜り恐悦至極に存じまする。手前らの忠誠心を示
さんと、献上品をこれに」
そう言って、手振りで背後の品々を示す。
「天下に大号令を掛ける御仁にこそ相応《ふさわ》しい品々をご用意致しました。織田様がお命じに
なられるなら、矢銭の支払いにも応じましょう」
「天下に大号令を掛ける御仁とな？　新たに将軍職を拝命なされた公方《くぼう》様への献上品とい
うことであるか？」
「申し訳ありません。お答えしかねます。それがどなたなのか、ハッキリと申し上げるの
は憚られます故」
それらが、将軍義昭への献上品であるのなら、明言することを憚ることもあるまい。
信長も当然それに気付いて、にやりと笑む。

「うらなり！　堺の烏どもは、思っていた以上に利口のようじゃな！」

「そのようで」

俺は笑みもなく、堺商人を代表するように口上をした男の顔を見る。

あちらもこちらを見返してきた。

「大山さん、遅ればせながら、私も夢を共に見ようと思います」

そう言うと、男は落ち着いた声音とは相反する凄《すご》みのある笑みを浮かべた。

……この短期間で、海千山千の大商人たちを説き伏せ、信長に与《くみ》するよう堺の総意をまとめ上げたのか。

これが、これが戦国時代で最も名高き商人の一人、今井宗久か！

好ましい展開であるはずなのに、恐るべき手腕を見せつけられ背中に嫌な汗をかく。

全く、とんでもない男じゃないか。

焚《た》き付《つ》けた俺が、この男の内から溢《あふ》れ出《だ》す炎に飲み込まれては格好がつかない。

負けてられねえな……。

「ええ。共に夢を追いかけましょう」

心を奮い立たせながら、こちらも笑みを返してみせた。

＊

「まるで師走がやってきたような有り様だな」

俺は京の一角で慌ただしく動く人、モノを見ながら独りごちる。

上洛を果たし、足利義昭《あしかがよしあき》を将軍職に就けた信長ではあるが、いつまでも本拠である岐阜を留守にしたまま京に逗留し続けるわけにもいかない。

朝廷、畿内の諸勢力と一通りの折衝も終え、これなら問題ないと感触を得たのか、信長は旗下の軍勢に帰国の準備に取り掛かるよう命じた。

即断即決即行動、それが織田軍の取り柄の一つである。

京に残していく一部の軍勢を除き、織田軍は即座に帰国準備に取り掛かった。

とはいえ、個人の旅支度ならいざ知らず、六万とも七万とも言われる大軍の帰国準備である。

ああ、それだけで少なくない日数を要するだろう。織田本軍が京を出立するのはまだ先のことになるに違いない。

一方俺はというと、既に旅の準備を終えて、一足先に京を発とうとしているところであった。

行き先は岐阜……ではない。

先の堺商人たちとの会合で、予言者ごっこの確かな効果を確認できた。

ならば、紀伊国に蒔《ま》いてきた種も刈り取らない手はないだろう。

＊

全ての準備を終えた信長は、今一度本圀寺の足利義昭の下を訪れ、帰国の挨拶をした。送る義昭は、信長の武功に報いんと感状を下した。

この感状には、上洛作戦の成功を褒めると共に、『武勇天下第一なり』とまでの言葉が綴《つづ》られていたが。

更に驚きであったのは、感状の宛名である。──『御父織田弾正忠《だんじょうのちゅう》殿』とあった。

信長と義昭とでは、三歳しか年が変わらない。それを『御父』とはずいぶんと大袈裟《おおげさ》なことであったが、義昭の感謝の気持ちがそれほどまで大きかったということであろう。

本圀寺を出た信長はサッと馬上の人となった。

彼は馬上から、本圀寺の門前に立ったままの男を見下ろしながら声を掛ける。

信長が声を掛けたその男とは、近江《おうみ》、若狭《わかさ》の国衆から構成される京の留守部隊を任された明智光秀であった。

「明智十兵衛《じゅうべえ》、頼んだぞ」

「ハッ。必ずや、任務を全うしてみせまする」

暫し、互いに無言で見詰め合う。

「……任せた」

そう言うや、信長は既に隊列を組んでいる一団の中に乗騎を歩ませる。

ほどなくして、織田本軍は整然と京を発った。

その堂々たる様に、見物に来た物見高い京の人々は大層感心すると共に、畿内の実力者が替わったのだということを初めて実感した。

京を発った織田軍は、来た道を逆に進む。

粛々と進軍し、何事の問題もないまま近江を経由して、じきに美濃国入りしようかという段であった。

連戦連勝、破竹の勢いで上洛を果たし、無事足利義昭を征夷大将軍《せいいたいしょうぐん》に就けた。

大勝利である。その武威は天下に鳴り響くに足るもので、織田軍将兵にとっては、正に故郷に錦を飾るべく凱旋《がいせん》の途上にあると言える。

そんな最中だから、普通なら兵卒らも気を大きくして、多少軍紀が緩んでもおかしくない。

が、実際にはその真逆、織田軍はぴんと張り詰めた異様な空気の中にあった。

それは、信長が軍紀を正し行軍に些《いささ》かの乱れも生じさせるな、と厳命したからである。

この命令を受けた諸将は訝しがった。

軍紀を疎かにしていいとまでは言わない。だがそれでも、戦勝に浮かれ、多少羽目を外すくらい、大目に見てもいいのでは？　それに、ここまで隙の無い隊列を組む必要がどこにあるのだろう？　と、そのように疑念を持ったのだ。

まるで、これから戦に赴くかのようである。

しかし諸将が疑問に思ったところで、信長が厳命するのであれば従うしかない。

そういうわけで、織田軍は常在戦場と言わんばかりの空気を醸し出していた。

「伝令！　至急の伝令でござる！」

そんな異様な空気を纏う織田軍の下に、血相を変えた伝令が駆け込んできた。

すぐさま、その報は信長へともたらされる。

「一大事です！　畿内より四国へ退いていた三好軍が海を越えて畿内入り！　これに畿内勢力の一部も合流した模様！　京を急襲する構えを見せております！」

「何と!?」

「殿！」

織田本軍が立ち退いた隙を狙っての三好軍による京への急襲。

この報に、信長の側近たちは狼狽《ろうばい》する。

強張った表情で主君である信長の顔を見て、そして唖然《あぜん》とした。

ほんの一瞬ではあったが、それでも確かに信長が笑っていたからである。

「すぐさま京へと取って返す。急げ！」

「は、ハッ！」

整然と隙のない行軍を維持していた織田軍は、そのまま京へ向けて急行した。

＊

「何故だ！　何故落ちぬ!?　たかが寺一つだぞ！　僅かな留守部隊相手に！」

三好長逸は怒りのままに吠《ほ》える。

思いがけない苦戦に、彼の心は怒りと焦燥に満ちていた。

信長が京に残した留守部隊の数などたかが知れている。その上、足利義昭が仮御所とした本圀寺は堅固とは程遠い造りであると聞いていたのだ。

急襲当初は、陥落も時間の問題であろうと三好軍の誰もが思っていた。

しかし現実はどうだ！　本圀寺に籠った織田の留守部隊は三好軍の攻撃を跳ね返し続けている。

「何故だ……何故……！」

長逸は血走った目で側近たちの顔に視線を走らせる。

「それが、どうもおかしいのです！　本圀寺の様子が、我々が京にいた頃とまるで変わっています！　外縁部に襲撃を防ぐ為の入念な改築がなされています！」

「それだけではありません！　籠る兵らの士気が異様に高い！　明智某《なにがし》とかいう敵将が『殿が戻るまで辛抱せよ！』などと、しきりに檄《げき》を飛ばしているとはいえ、普通ではこうはいきません！　急襲にもかかわらず、動揺するどころか兵の士気が高いとあっては、これは……！」

側近たちが口々に予期せぬ異常を告げる。

それらの事実から、長逸は認め難い推測を口にする。

「つまり……我々の急襲を読んでいたと？　我々はおびき出された？　しかしならば何故、織田上総介は美濃まで下がったのじゃ？　いくら手こずっているとはいえ、救援が間に合う筈《はず》が……『急報！』」

長逸の呟きを遮るように伝令が駆け込んでくる。

「何じゃ!?」

「摂津《せっつ》国衆ら、畿内の織田側勢力が後詰に現れました！」

「ぐっ！　動きが速い！　これか！　この畿内からの後詰と合力して、織田本軍が駆け付けるまで持《も》ち堪《こた》えさせる気か！」

「殿、如何なさいますか!?」

側近らが長逸の顔を見詰める。決断を迫るように。

――どうする？　読まれていたのであれば、無理攻めは余りに危険じゃ。しかし、何ら得るものもなく退き下がったとあっては、三好の名が失墜する！　どうする!?

「急報！　急報！　織田上総介の軍勢が、京から二日の距離まで引き返してきています！」

新たな伝令の言葉に、長逸は驚愕《きょうがく》の表情を浮かべた。

「馬鹿な!? 速い！ 速すぎる！ ……ええい！ 撤退じゃ！ 今なら、今撤退すれば、何とか逃れうる！ 急げ！」

ぐずぐずしていれば、織田本軍に捕捉される。

その危機感から、三好軍は慌てふためいて京から退却していった。

＊

藪《やぶ》の中から覗《のぞ》き見る。

覗き見た先には、桂川《かつらがわ》の河畔をお粗末な隊列で退却する軍勢の姿があった。

旗印を確認すれば、間違いなく三好軍のもの。

形振《なりふ》り構わず、我先にと急ぐような有り様には、敗軍の逃走を思わせるものがある。

だが、実際には大した戦闘もしていないのだろう。慌てふためいているものの、損害のようなものはほとんど見受けられない。

三好軍は、こちらに向かって進んでくる。いや、これには語弊があるか。俺たちが、三好軍の退却路に伏せているんだからな。

全てが織田の筋書き通り、か。織内を牛耳っていた三好をこうも容易く手玉に取るとは……。

ああ、寒い、寒い。体が震えてくるじゃねえか。

「どうしました、鈴木《すずき》様？　顔色が優れませんよ？」

俺は声を掛けてきたひょろっこい男の顔を睨《にら》み返す。

こいつだ。こいつに初めて会った時から、この得体のしれない寒気を覚えるようになったんだ！

文句の一つも言ってやりたい気分になったが、ぐっと堪える。代わりとなる言葉を口にした。

「心配するな。雑賀衆は受けた仕事は必ず果たす。商人の兄ちゃん、帰ったら織田様に俺らの勇姿を伝えるこったな」

軽口を叩いている間に、三好軍は完全に射程距離に入っていた。

全ては作戦通り。なのに、全く喜べない不思議。

俺はすーっとゆっくり右腕を持ち上げる。苦々しい声音で命じた。

「総員、撃て！」

投げやりに振り下ろした右腕に一拍遅れて、パンパンパンと部下たちの鉄砲が火を噴いた。

永禄七年七月のことである。

信長公が京を御退去の折、三好らが畿内入りし京を急襲した。

明智十兵衛らが公方様の周囲を固め奮戦している間に、信長公は驚嘆すべき日数にて京へと取って返された。

信長公の接近を知り、三好らは退却したが、桂川河畔にて伏兵の雑賀衆の攻撃に遭った。

突然の伏撃に足並みを乱した三好らは、信長公の猛追に捕捉を許す。

三好らここに一戦を覚悟し、信長公との合戦に挑んだが、信長公に散々に打ち破られた。

小笠原信定《おがさわらのぶさだ》始め、多くの将兵が討ち死にすることになったのである。

——『信長公記』

第三章　清水焼《きよみずやき》

――『火急申し付けたき儀あり。急ぎ参上せよ』

俺は眉根を寄せたまま、手にする文の文面を睨み付ける。

仮に名が記されてなくとも、その一行のみで誰からの文かなど察せられる。

いつぞや信長《のぶなが》から長い文を貰《もら》った時は、祐筆のかいざ……心遣いにより、これは誰からの文だ？　という有り様になったこともあったが。

如何に有能な祐筆であれ、斯様なたった一行のみの文にかいざ……心遣いするのも限界があるということだろう。

しかし、いつも通りの呼び出しに見えて、今回の文には多少の差異があった。

常ならば『急ぎ参上せよ』のみであるのが、今回に限っては頭に『火急申し付けたき儀あり』とある。

俺は思わず首を捻《ひね》った。

まさかこれが、祐筆の心遣いというわけでもあるまい。

ならば、今回は常とは異なり、よっぽど特別な下知がある。そう覚悟しておいた方がよいのかもしれない。

これは、気を引き締め直さねばならないな……。

「うらなり、焼き物じゃ！」

信長は開口一番そう言った。……ＹＡＫＩＭＯＮＯ？

一瞬頭が真っ白になり呆《ほう》けてしまう。が、何とか再起動を果たす。

「か、上総介《かずさのすけ》様、申し訳ありませんが話がよく……」

「何じゃうらなり、貴様にしては察しが悪いのう！」

いや、今ので分かったら察しがよいを通り越してエスパーなのだが。

「織田舞蘭度《おだぶらんど》じゃ！　うらなりの働きにより、尾張《おわり》の名産として新有松織《ありまつ》は定着し、その商売は軌道に乗っておる。なれば、貴様はその事業を離れ、また新たな事業に取り組むべきじゃろう。我が版図も拡がり、新たな名産を起こす地にも事欠かないしの」

なるほど、織田ブランド第二弾というわけか。納得のいく話だ。

新有松織は、最早俺の手を離れても十分やっていける。

更に、織田の勢力は畿内《きない》に達した。

これによる商売圏の拡大、またあの堺《さかい》を味方につけたことにより、国内最大の港から方々に商品を輸出していける。

正に絶好の商機を摑《つか》んだ今、新たなるブランドの確立を、という考えには全く異存はない。異存はないが……。

ああ、開口一番の台詞《せりふ》が何とも残念な思いにさせられる。

「なるほど、織田ブランドの第二弾、その商材として……」

「うむ！　焼き物じゃ！」

信長は童のように目を輝かせながら言った。

——お前が大好きな焼き物を作りたいだけじゃねえか！

俺は心中大いに突っ込んだ。

だが、焼き物をブランドに、という着眼点が悪くない。

むしろ、とてもよいだけに始末が悪い。この童のような願望が、大いに理に適《かな》っているなど頭が痛くなる。

戦国時代、茶の湯を嗜《たしな》むことは高い教養を示すものとして、武将たちの間で持《も》て囃《はや》されるようになる。

その中で名物茶器を有することは、武将にとって大きなステイタスであったのだ。

褒美として、領地の代わりに名物茶器が下賜されることすらあった。

……この戦国期のトレンドには、恣意的なものもあったかと思う。

戦功ある者たちに、常に領地を褒美として与えていては、いくら領地があっても足りはしない。

実際、この辺りは権力者たちの悩みの種であったのは間違いない。

信長や秀吉《ひでよし》も、不始末をした家臣がいれば、ここぞとばかりに領地を没収し、それをまた功ある者に与えるということすら繰り返している。

だが、そんなやり方だけで上手く回せるわけもなく。

だからこそ、領地に代わる褒美の存在を権力者たちは欲した。それが名刀であったり、名茶器であったりした。いわゆる名物である。

戦国時代に、過剰とさえ言える茶道ブームを後押ししたのは、そのような権力者たちの思惑もあったのだ。

なれば、焼き物を織田ブランドの第二弾に据えるのは、商売的にも政治的にも、とても大きな意味を持つ。

それに、ブランドという名声を付加価値とする商売と、名物茶器、これらの親和性は抜群に高いに違いない。

ああ、認めよう。織田ブランドの第二弾に焼き物、これ以上ない選択肢だ。

何とも俺の心の内はスッキリしないのだけれども。

「……焼き物を織田ブランドの第二弾に。よいお考えかと。手前は賛同します」

「そうか！　そうか！」

信長は膝を叩いて喜ぶ。

「して、うらなりよ、窯元はどこにする？　既に焼き物を産している地がよいであろうか？」

俺は首を傾げ、暫し黙考する。

「……いえ、既存の窯元を使えば、それ以前の印象を引《ひ》き摺《ず》りかねません。それは、新たなブランドの足枷になる恐れがあるでしょう」

「ふむ。ならば、全く新しい窯元を開くことになるか……」

「京、はどうでしょうか？」

「む？」

「京の都に新たな窯元を開いてみては如何でしょうか？」

「京、か……」

俺の提案に信長は思案気な表情を浮かべる。

「京の都なれば、織田御用達《ごようたし》の品、というだけではなく、帝《みかど》や公達《きんだち》も愛用する品として名声を高めやすいのではないでしょうか？」

京の都を流行の発信地とすることは、分かりやすいビジネスモデルではなかろうか？

地方にとって、やはり都というものには強い憧れがあるものだろう。そこから発信される新名物、名声という付加価値を付けやすいかと思う。

それに、かつてあった史実でも茶道の興隆に伴い、桃山時代頃から清水焼などの京焼が京都に発祥したという歴史的事実もある。

彼《か》の地に、新たな窯元を開くことが見当違いということはあるまい。

狙いは他にもある。京の都で信長が新事業を起こす意義が。

「また、京の都で上総介様主導の事業を起こすことで、今現在、畿内の実力者が誰であるのかを、今一度内外に示せるかと」

「であるか。……よかろう、差配はうらなりに任す。頼んだぞ」

「はっ！」

それにしても頼んだぞ、か。以前なら、失敗は許さぬ、だったはずだが。

俺は思わず吊《つ》り上《あ》がった口の端を誤魔化すため、深々と平伏した。

＊

最も一般的な椀形《わんなり》の茶碗《ちゃわん》だ。飲み口はやや歪んでいる。

恐らくは製作者の意図によるものだろう。

白い釉薬《ゆうやく》を用いて焼かれたため、白を基調とし、釉《うわぐすり》のかかりの少ない地肌には赤みのある景色が顔を覗かせる。……なるほど。

「いい仕事してますねえ」

「……旦那様」

「何だ？」

家人が言い辛《づら》そうに告げてくる。

「それは露店で売られていた安物の茶碗です」

「……そうか」

俺は目線の高さに捧《ささ》げ持つようにしていた茶碗を、そっと畳の上に置いた。

うん。なるほどね。分かっていたことではあるが……茶碗全然分かんねえよ！

畳の上には、浅田屋岐阜《あさだやぎふ》支店の家人たちに、高い安いの区別なく、手当たり次第に買い集めさせた茶碗が並べられている。

審美眼を養うためであったが、どうも理解できない。

思えば、前世でも骨董《こっとう》品の茶碗なぞの価値が終《つい》ぞ分からなかった。

テレビ番組などで、〇〇〇万円！　などと値付けされた茶碗が出てきても、いつも胡散臭そうに見やるだけだった。

「駄目だな、こいつは……」

うん。駄目だ。俺には茶碗のよさは分からん。諦めよう。

別に問題あるまい。俺の仕事は新たなブランド創設に必要となる人、モノ、金を差配することなのだから。

その上で、ブランドの方針を示せばよい。

「ならば、まずは人だなあ。よし、明日の朝に出立する。弥七《やしち》たちにも出立の準備をさせておけ」

「はい」

家人は一つ頷くと、俺の私室を出ていった。

＊

「相変わらず、凄まじい活気だなあ」

俺は通りを歩きながら感嘆の呟きを漏らす。

ここは日の本最大の商業都市たる堺。

昨日の夕刻頃に堺に到着した俺は、一晩を宿で過ごし、こうして今、朝というにはもう遅い時分、どちらかと言えば昼に近い刻限に堺の通りを歩いていた。

通りの両脇には延々と店が軒を連ね、店頭に立った商人らが『旦那！　ちょいっと覗いてっておくれ！』と威勢のいい掛け声を上げている。

また、何を急いでいるのか、通りの人ごみをすり抜けながら駆ける若者が『ごめんよ！

ごめんよ！』と声を上げていたりと、耳に痛いくらいの雑踏のざわめきがする。

まるで縁日の祭りのような有り様だが、しかしこれが平時の堺の姿だというのだから、驚き呆《あき》れてしまう。

俺の故郷である熱田《あつた》も有数の商業都市ではあるが、流石にこの堺には逆立ちしても勝てそうにないな。

「弥七、道順はこちらで合っていたかな？」

堺を訪れるのはまだ二度目なので、土地勘がない俺はほとんど無意識にそんな問い掛けをするが、問われた弥七も困ったことだろう。彼は初めての堺だ。

「はい。恐らくは……。今朝方、宿の主人に聞いた通りの道順に相違ないかと」

生真面目な弥七は、それでもしきりに通りのあちこちに視線をやるや、頭をかきながらそんな返答をしてくる。

「いや、すまない。一度来たことのある俺がしっかりしないとなあ」

「いえ。ただ、先方の厚意を固辞せずに、宿に迎えを寄こしてもらえばよろしかったのでは？」

「まあ、その通りなんだが……。こちらが願い事をしに訪ねるのだから、余り厚意に甘えるのも如何なものかと思ってね」

それに前回の堺行の際に、これから訪ねる屋敷《やしき》の前を張り込みしたことがあったので、何とかなるだろうと思ったのだが。

俺も周囲に視線をやりながら、見覚えのある景色はないかと探す。探す。……おっ！

「弥七、多分あの角を曲がったところだ」

俺は少し声を弾ませながら指差す。『東雲屋《しののめや》』なる織物《おりもの》の大店《おおだな》に面した曲がり角だ。以前もそこを曲がった覚えがあった。

果たしてそこを曲がった先の通りも、またどこか見覚えのある景色である。

「ああ、後は道なりに真っ直ぐ進むだけでいいはずだ」

俺はほっと胸を撫《な》で下《お》ろす。

道の心配がなくなったので、次いで頭に過るのは、商売の、ブランドのことである。

今回堺を訪れたのも、無論このブランド事業の為だ。

ブランド第二弾、京の都での新焼き物事業。

京のどこに窯元を開くかまでは決めていない。が、験担ぎではないが、史実にあった桃山時代から現代まで残る清水焼にあやかって、清水寺《きよみずでら》への参道近くに開くのもいいかもしれない。

ブランド第一弾の新有松織もまた、同様の験担ぎで成功したわけだしな。

非科学的だとは俺も思うが、まあこういうのも無視せずに気に掛けておいた方がいいだろう。

清水寺への参道近く、いや、ここに限らず、京の都で窯元を開く際に問題となるのは土地であろう。

何もないど田舎ではないのだ。そんなに大きな窯元を開けるわけもなく。

史実の清水焼とて、そこまで大規模なものとはなっていない。

だが、それでも問題ないと俺は思っている。

前回のブランドは、高い品質を維持しつつも大量生産を可能とした仕組みを以て、良質かつ安価な織物を大量に売り捌《さば》いた。

が、今回のブランドはその大量生産とは真逆をいくつもりでいる。

小ロット多品種すら通り越し、一点ものの焼き物ばかりを、しかも生産数を出来る限りしぼった上で生産する。——全ては名物茶器を生み出すために。

名物茶器は簡単に手に入ってはいけないのだ。入手困難であるからこそ意味がある。

欲しい、欲しい、だが需要に比して供給が余りに少ない。その希少性こそが、価値を天井知らずに押し上げるのである。

もっとも、ただ数が少ないだけでは、名物茶器としての名声が生まれるわけもなく。

名声を、需要を喚起するための仕組みがいる。

俺はそれを、人に、人の名声に求めようとしている。

例えば、有名デザイナーがデザインしたアクセサリー。あるいは、世界一のバリスタが監修したコーヒー。

その手の手法を以て、顧客からの信頼や期待を生み出すのだ。

ああ！　あの高名な人が製造にかかわっているのなら、きっと素晴らしいものに違いない！

そんな期待を煽《あお》ることで、購買意欲を高めていく。

止めは、実際にそれを入手したユーザーの好評だ。

まず信長を通して、将軍足利義昭《あしかがよしあき》に献上する。

義昭に、これぞ天下の名物だ！　とでも言わせればどうなるか？

更に、義昭に続いて、信長、信長の同盟者である松平家康《まつだいらいえやす》や、浅井《あざい》長政《ながまさ》といった大名クラスや、摂関家などの名門公家の当主にも贈る。

彼らもまた、このブランド茶器を褒め称えれば？

そしてもしも、もしも帝に献上叶うなら？　お褒めの御言葉を頂戴できれば？

それを聞いた人々は思う筈だ。

これらの大人物が、揃いも揃って素晴らしいと褒め称える舞蘭度茶器とは、一体如何なる茶器なのか？　ああ、是非とも手に入れたいものだ、と。

が、しかし、生産数が極めて少ないとなれば。引き起こされるのは、需要過多で供給が追いつかぬ状態。つまり、値段が跳ね上がっていく。

そして、大金を叩《はた》いてやっとの思いでブランド焼き物を手に入れた人間は茶会の場で言うのだ。――『これが今有名な舞蘭度茶器ですぞ』と、鼻高々に。

自慢された側は思うだろう。自分も手に入れねば、と。

やがて、茶会の場でブランド茶器を持つことこそがステイタスになる。

俺はそんな未来予想図に、にんまりと笑む。

ブランド茶器が茶会のステイタスになる、そんなことが叶えば、いずれオークションの真似事《まねごと》をしてもいいかもしれないなあ。

京の都で、大規模な催し物として開催するのだ。

見える様じゃないか。名門の公家や武家が互いの威信をかけてブランド茶器を競り落としていく様が。はは、きっと恐ろしいほどの値がつく。

凄まじいまでの話題にもなるだろうし、いつかの有松コレをも上回る盛況な催し物になるだろうさ。……っと。

夢想しながら歩いていると、目的地である屋敷が見えてきた。

いかん。いかん。先々のことを夢想するよりも、まずは一歩目を、製造段階でブランド茶器に箔《はく》を付けるための人材確保に注力せねば。

俺は気を引き締め直して歩みを進める。

すると、屋敷の門前に一人の男が立っているのに気付いた。

四十半ばほどの男だ。

穏やかそうな面持ちをしているが、初めて会った時の凪《な》いだ水面のような瞳はなりを潜め、爛々《らんらん》と輝いた目をしている。まるで燃える篝火のように。

「これは今井《いまい》様。わざわざお出迎え頂くとは……」

俺は頭を下げ、恐縮したように言った。

「いえいえ。大山《おおやま》さんが当家を訪ねて下さると言うのです。このくらいのことなど。……それに正直に告白すれば、大山さんが一体どんな話を持ってくるのかと、年甲斐《としがい》もなく心躍りましてな。それで待ち切れなかったのですよ」

「はは、これは今井様を失望させぬように気を入れねば」

「何の、大山さんに限ってそんなことはないでしょう。さあ、どうぞ」

俺は堺の大商人今井宗久《そうきゅう》に先導されながら、彼の屋敷内に足を踏み入れる。

門を抜けると、よく手入れの施された見事な庭が広がっている。

ああ、流石だなあ、と感心しながら歩を進め、屋敷へと上がり、やがてある一室に通された。

俺と宗久が差し向かいで座ると、そう時を置かずして、今井家の家人が茶を運んできた。

二人して、まずは軽く茶に口を付ける。

「……それで、大山さん、当家を訪ねられたご用件は？」

俺は茶碗をそっと畳の上に置くと口を開く。

「単刀直入に申し上げれば、これから起こす新事業に御三方のお力添えを願いたく思っています。一人は今井様、なので今井様にお力添え頂けるようお願いに参ったのと、厚かましいことに、更に残る御二方を今井様にご紹介して頂きたく」

宗久は顎先に手を当てる。

「ふむ。力添えも、人を紹介するにもやぶさかではありませんが……。して、その新事業とは？」

「今井様は、織田ブランドをご存じでしょうか？」

「勿論、新有松織のことですな。あれは、見事なものでした」

「ありがとうございます。……実は、新たなブランド事業を京で起こす積りです。品目は、茶器に決まりました」

「茶器……はは あ、なるほど。では、紹介して欲しい二人とは」

宗久の瞳に理解の色が宿る。

「ええ。千宗易《せんのそうえき》様と津田宗及《つだそうぎゅう》様にございます」

今井宗久、千宗易、津田宗及。いずれも堺商人にして、茶人として名高い人物たち。

かつてあった史実では、茶の湯の天下三宗匠《さんそうしょう》と称された男たちだ。

千宗易こと、千利休《せんのりきゅう》の名に至っては、現代人でも知らぬ者はいないだろう。……この時点では、未だ利休の名乗りをしてはいなかったが。

現時点では、まだ天下三宗匠と呼ばれてこそいないが、既に茶の湯の第一人者たちとして知られている彼らだ。

その名を使えれば……。そう、製造段階におけるブランド茶器への箔付けを、俺はこの三人の高名を利用することで成し遂げようとしていた。

商人としても茶人としても高名なこの男たちの完全監修による幽玄の美を湛《たた》えた名物茶器、という触れ込みの下で、最初の箔付けを成す。

……悪くない目論見《もくろみ》だとは思うが、どうであろうか？

俺は真っ直ぐ今井宗久の顔を見る。

受けて、宗久はふっと微笑を浮かべた。

「なるほど、大山さんの考えは大凡《おおよそ》読めましたぞ。されど……」

「されど？　何でしょうか？」

宗久の笑みは深まる。苦笑の形に。

「大山さんは、名物茶器を新たに作りたいのでしょう。違いますか？」

「違いません。その通りですが……何か問題が？」

宗久は頷く。

「ええ。……難しい。とても難しいですぞ。千宗易殿です。宗易殿は特に頑固でいらっしゃるし、何より彼の茶の湯の精神と、大山さんが成そうとしていることには大きな隔たりがある」

「と言いますと？」

「宗易殿は、名物を貴ぶ近頃の風潮に否定的なお考えをお持ちだ」

「なるほど……」

無駄な虚飾を嫌う、か。本物の文化人らしい在り方だ。だが……。

「ですが、頑固であるが故に、宗易様には宗易様なりの多くの拘《こだわ》りが、茶の湯とはかくあるべし！　という想《おも》いがお有りのはず。なれば、現状の茶の湯に多くの不満を抱えていることでしょう。そこに説得の余地を見出せるかと」

俺は千宗易説得の為の突破口を指摘した。

宗久はというと、何とも面白いことを聞いたとばかりに大笑する。

「はは！　大山さんあなたという人は！　つまり、宗易殿にたった一つを譲歩させることで、それ以外では、宗易殿の想いの多くを実現させるよう織田様に働きかけると！　舞蘭度に協力さえすれば、そのようにすると交渉を持ちかける気で？」

「ご明察にて」

打てば響くとはこのことか。多くを語らずとも、宗久はこちらの意図を読む。

会話が楽ではあるが、余り嬉《うれ》しくない楽さだ。ったく！　本当に油断ならない。

「いやはや、面白い見世物になりそうだ！　あの堅物を、大山さんが果たして説得できるのか？　ああ、楽しみですな。紹介？　勿論しますとも。斯様な見世物を見逃す手もありません。さてさて、説得の末苦渋の表情を浮かべるはどちらになるか？　どうです、一つ賭けでもしませんか？」

宗久はにやにやと笑う。……この男は！

「構いませんよ。手前は勿論、自らの説得の成功を疑いはしません。ですので、宗易様が苦渋の決断をすることになりましょう」

宗久はうんうんと頷く。

「でしょうなあ。大山さん、あなたならそう言うでしょう」

「……では、今井様は逆の目に張られると？　手前が説得すること能わず、苦渋の表情を浮かべると？」

「いいや、出目は二つとは限りますまい。私が張るのは――」

宗久はやはり笑みを浮かべると、ロクでもないことを口にした。

俺はその言に思わず仏頂面を浮かべてしまったのだった。

余談ではあるが、後日、今井宗久と共に説得に伺った津田宗及の邸《やしき》では、いとも容易く話がついた。

ブランド事業に協力する上で宗及が出した条件は二つ。

一つは、千宗易が折れさえすれば、協力するとの由。

今一つは——千宗易説得の場に自分も立ち会わせろ、というものだった。

……本当に、商人という人種にロクな奴《やつ》はいない。

＊

堺の一画にある屋敷の前で足を止める。

後の天下三宗匠の最後にして、最大の難関と思《おぼ》しき千宗易の屋敷である。

俺は心を整えるため、一度天を仰ぐ。

一刻《こく》（※約三十分）前までは晴れやかな蒼《あお》に満ちていた空に、所々黒みがかった灰色の雲が漂い始めていた。

「幸先《さいさき》のよくない空模様じゃのう」

「確かに、これからの交渉の先行きを暗示しているようですが。なんの、津田《つだ》さん。見物客たる我らにとっては、むしろ望ましいことではないでしょうか？」

「ハハッ、違いない！」

……背後からロクデナシどもの面白がった声が聞こえてくる。

俺は眉を顰めながら振り返る。

「……今井様、津田様、交渉の席ではその不快な軽口はどうか慎んで下さいね」

俺にしては、ハッキリと不満をぶつける。

が、二人はというと、飄々《ひょうひょう》とした顔付きでどこ吹く風である。

ったく！　この二人を同席させるという条件は、やはりどうにかして蹴っておくべきだったか。

何せ、事態を面白がっているこいつ等《ら》の態度には、俺ですら不快なのだから。千宗易にとっては言わずもがなだろう。

しかし、今更帰れとも言えない。畜生め。

ええいままよ！　と破れかぶれな想いで門戸を潜る。その先には、千家の家人であろう男が頭を下げていた。

「大山様ですね？」

「はい。そうです」

問い掛けに答えると、男は一つ頷く。

「御三方を、旦那様の下にご案内します」

先導する男について、俺たち三人は千家の屋敷内を歩いていく。

果たして行き着いた先は、こぢんまりとした建屋であった。

先導役の男に促されて中に入ると、そこは真四角に配された四畳半の空間であった。中央には畳の下に埋め込まれた炉が頭を覗かせている。――典型的な茶室であった。

入り口から見て、炉の左手側の畳――いわゆる点前畳には、一人の男が一分の隙なく正座している。

年の頃は四十後半辺りか？　初見の率直な印象は、偏屈な賢者だ。この男が……。

「訪問を受け入れて下さりありがとうございます。宗易さん、こちらが織田様の御用商人、大山源吉《おおやまげんきち》殿。大山さん、あちらが千宗易殿です」

今井宗久が間を取り持つ。

「お初にお目にかかります。大山源吉です」

俺の挨拶に千宗易は黙礼で返す。軽く下げた頭を上げると、口を開く。

「……どうぞ、お座り下さい」

さて、席次をどうしたものかと、一瞬考え込んでいると、今井宗久が口を開く。

「我らはおまけですからね。ささ、大山さん奥へ、奥へ」

今井宗久は手振りで、北の床の間の前、貴人や正客が座る貴人畳に座るよう促してくる。

俺はその勧めに従い座る。

今井宗久と津田宗及は、入り口から見て、炉の右手側に当たる客畳に座った。

俺はさりげなく茶室の中を見回す。

四方を土壁で囲まれた茶室には、床の間に飾られた掛け軸と花瓶に活《い》けられた花を除けば、装飾らしい装飾は見当たらない。……俺の中の茶室のイメージでは、花瓶ではなく、竹で作られた花入れなのだが。

今回、天下三宗匠と会う前に茶の湯の予習をしてきたが、そこでも全く竹製の花入れがなかったので、この時代ではその手の花入れはまだないのか。

千利休が、現代に伝わる侘茶《わびちゃ》の完成者であるのだから、ひょっとすると、これから利休

――宗易が、それを採用するのかもしれない。

それにしても、身じろぎするのも憚られるような厳粛さがあるな。

茶室という、ホームグラウンドでこちらを委縮させ、交渉に臨むに当たり優位に立とうという試みであろうか？

「もてなしのために、此度茶室にお通ししましたが。大山さんは、茶の湯を日頃から嗜まれるのですか？」

千宗易が静かな声で問い掛けてくる。

「少しは。ですが、まだまだ勉強不足ですので、不調法があればお許し下さい」

千宗易は僅かに片眉を持ち上げる。

「……茶の湯で作法は大切ですが。より大切なのは客人をもてなすこと。よほど礼を失し

ない限りは、多少の不作法には目を瞑りましょう。どうぞ、肩の力をお抜き下され」

「ありがとうございます」

予習したとはいえ、所詮は付け焼き刃。天下三宗匠の目から見れば、至らぬ所が多々あろう。

ならば、素直に茶の湯に精通していないことを告白した方がいい。

玄人にとって一番我慢ならないのは、素人の知ったかぶりだろうから。

千宗易が自ら茶を点《た》て始める。

俺はその姿をじっと見る。

茶の湯に関しては門外漢の俺ですら美しいと感じる所作だ。

無駄なく洗練された動きには、自然と美が宿る。改めて、そんなことを実感する。

やがて、茶碗が俺の前に置かれた。お茶そのものより、やはり俺の関心は千宗易の使用している茶碗に注がれる。

……飾り気もなければ、華やかさもない。質素な茶碗だ。なるほど、名物とは真逆を行くが如き茶碗だな。

そんなことを再確認しつつ、俺は茶を頂く。

ほどなく、俺含む三人が茶を飲み終わった段になって、再び千宗易が口を開く。

「今井さんから、簡単に用向きをお伺いはしておりますが。……何でも、織田様が開く新窯に私の助力も求めておいでだとか？」

「はい。京の都にて、誇るべき新たな名物を作りたく思います。宗易様にも、その為にお力添え頂きたく」

俺は誤魔化しもせず、ハッキリと目的を告げる。

「名物……私がそれを嫌っているのをご存じでしょう？　どうして私が頷くと思われるのです？」

「素直に頷いてもらえるとは期待しておりません。なので、頷かせてみせます」

「先程から、歯に衣着せぬ物言い。言葉を選ぶということを知らぬのですかな？」

「見え見えの誤魔化しなど、お嫌いでしょう？」

初めて、千宗易の顔にふっと微《かす》かな笑みが差す。

「面白い。ならば頷かせてみせよ、若造」

千宗易から、丁寧な、されど余所余所《よそよそ》しい口調が取り払われる。

ふん。ようやっと交渉のテーブルに座る気になったか。

ならば、ここからが正念場！

「そも、宗易様は、名物の何がお嫌いなのでしょうか？」

「ふむ。一言で言うなれば、虚飾ですな」

「虚飾とは？」

「知れたこと。その品に見合わぬ法外な値を付け、あまつさえ、それを有難がること。何とも馬鹿馬鹿しいことよ」

千宗易は吐き捨てるように言う。

「法外な値、ですか。宗易様は名物が適正な値付けをされていないと仰る？」

千宗易は、答えるまでもないだろう、と言わんばかりに押し黙る。

「……仮に、法外な値が付いているのがその通りだとして、それならば何故そんな物を購入する者が後を絶たないのでしょう？」

「それが虚飾よ。天下の名物だ、という名声に目が眩み、冷静な判断ができておらぬのよ」

「なるほど。しかし、手前はそうは思いません」

「何？」

千宗易は眉を顰める。

「手前は、名物を購入する貴人たちが、そこまで愚かだとは思いませんね。名声に目が眩んで冷静な判断ができてない？　いいえ、彼らとて百も承知なのですよ。名物そのものが、そうでない焼き物と比して、特別素晴らしい出来ではないということを」

「……ならば、何故名物を購入する？」

「それは、名物だからこそですよ」

俺はにやりと笑んで見せる。

「彼らは焼き物そのものの品質に莫大な銭を投じているのではありません。名物に付随する名声にこそ、銭を支払っているのです。それを購入し、保有することが自身の名声にも繋がるから。更には、他者に対し、茶会の席でこれほどの名物を持っているぞと、優越感に浸れるから。その満足感にこそ、銭を投じているのです」

「ふん。虚飾が、虚栄心にすり替わっただけではないか」

千宗易は鼻を鳴らす。

「客の虚栄心を満たす。それのどこに問題が？　詐欺はいけません。が、これは騙《だま》しているわけではありませんよ。商人も客も承知の上で、お互い納得の上で売り買いする。その商いの結果として、確かに客の心を満たしているのです。ならば、売ってやろうではありませんか！　虚栄心だろうが何だろうが、売れるものは何でも売る。それが商人というものでしょう？」

俺は身を乗り出しながら熱弁してみせる。

千宗易は腕を組んで目を瞑る。一秒、二秒、三秒……。目を開ける。

「なるほど、大山さん、あなたは商人の鑑《かがみ》だ」

「堺の大商人たる宗易様にお褒め頂き、何とも光栄なことです」

「正しく、大山さんの言う通り、堺商人としての私は納得しました。だが……」

千宗易の顔は益々厳しくなる。最初に感じた偏屈さが、より一層深くなる。

「茶人としての私は全く納得いってない」

なるほど。第二ラウンド開始というわけだ。

いいだろう。必ず説き伏せてみせる！　俺は心中気炎を吐く。

偏屈な賢者――千宗易は、むっつりと押し黙りながらこちらを見やる。

皺《しわ》の寄った眉間、こちらに挑みかかるような瞳、きりりと真一文字に結ばれた唇。表情の全てで、不服をこれでもかと如実に表している。

俺は一つ咳払《せきばら》いする。それが第二ラウンド開始の合図となった。

「どうしても宗易様のご助力叶わないならば、仕方ありませぬ。それでも手前は、ブランド茶器事業を推し進めねばなりません。織田様の下知は既に下っているのです。なれば、今井様、津田様ご両人のお力をお借りして事に当たることになるでしょう」

俺は一旦言葉を切る。

一拍置いて囁《ささや》くような声音で続ける。

「……宗易様のお力添えがないのは確かに残念ではありますが、されど、宗易様抜きでもブランド事業は何とでもなりましょう。手前は最悪それでも構いません。が、宗易様は、本当にそれでよろしいのでしょうか？」

「……どういう意味だ？」

俺は口の端を吊り上げる。

「たとえ手前が、どれほど宗易様の意に添わぬような名物を、宗易様にとって我慢ならぬ名物を作ろうとも、ブランド事業に加わらぬ貴方様は指を咥えて見ていることしか出来ない。天下に、どうしようもない虚飾が蔓延《はびこ》るのをじっと見ていることしか出来ぬのです。……耐えられますか？」

その様を想像したのか、宗易はギッと歯噛《はが》みする。

「しかし、宗易様がブランド事業に参加されたなら、手前の行動を掣肘《せいちゅう》することも叶いましょう。……無論、全てが全て宗易様の願い通りに、とはいきませんよ？ですが、互いに妥協点を探り、宗易様にとってまだマシだと思えるモノを、落としどころとすることも出来る筈です。如何でしょう？」

「……私を脅すか、若造」

宗易は親の仇《かたき》でも見るような目で睨んでくる。

俺は涼やかな顔で肩を竦めてみせた。

まあ、仰る通りこれは脅し以外の何物でもないわけで。

とはいえ、はい脅しです、とも言えないしなあ。

宗易は苛立ったように一度体を震わした。

が、すぐには口を開かぬ。その頭の中で、脅しに屈するべきか否か、吟味しているのが手に取るように分かった。

「……いや！　世に虚飾に塗れた名物が出回るのも気に食わんが！　それより、私の名の下、意に添わぬモノが出回る方が尚《なお》気に食わぬ！」

宗易はそのように吼《ほ》えた。……何とも頑固な御仁だ。

「本当によろしいので？」

「くどい！」

……駄目だな、こりゃ。このままでは百万言尽くしても説得すること能うまい。

ならば、虎の子の切り札を切らねばならぬか。

俺は懐に右手を差し込むと、一枚の書状を引っ張り出す。

綺麗に折りたたまれたそれを、バン！　と広げる。顔の高さに掲げると、まず今井宗久と津田宗及に文面が見えるように、次いで、千宗易に見えるようにする。

そこにはこう記されていた。――『今井宗久、津田宗及、千宗易。この三名の内、舞蘭度茶器事業に尽力した者を、織田家召し抱えの茶頭に任命する。――織田《おだ》上総介信長《かずさのすけのぶなが》（花押）』

堺に来る前に、信長に前もって書いてもらった念書だ。これこそが正しく虎の子の切り札。

俺はその文面を厳かに読み上げてから、三人の顔を順繰りに見た。

それぞれから、痛いくらいの視線が返ってくる。

「御三方、ご理解なされておいでしょうか？　いずれ天下人となる者の下で、茶頭を務めるという意味が。それは、天下の茶の湯の在り方を指導することに他なりません！　御三方が、日の本の茶の湯の行く末を定めるのです！　最早、事はちっぽけな茶碗一つに留まりませんよ！」

俺は信長の書状を畳の上に力強く叩きつけると、威勢よく声を張り上げる。

「さあ、乗った！　乗った！　この機会を逃せば、もう二度と斯様な機会は訪れますまい！　諸兄！　幸運を摑み損ねることなどなきように！　天下の茶の湯を自ら左右したいと欲するならば、どうぞ手前の用意した船にお乗り下さい！」

俺の声が響き終わると、茶室に水を打ったような静けさが横たわった。

もっとも、それも一瞬のことで、すぐさまそれを破る大笑が客畳の方から上がる。

「ハハハッ！　大山さん、あなたという人は！　天下の茶の湯を左右したければ、ですか！　相変わらずとんでもない口説き文句を口にするものだ。ええ、勿論私は乗らせてもらいましょう！」

「ありがとうございます、今井様」

その遣り取りを見て、津田宗及もすぐさま口を開く。

「私も乗りますぞ！」

「ありがとうございます、津田様。では、後は……」

俺たち三人の視線が一斉に千宗易に注がれる。

宗易は若干身を乗り出すような姿勢で固まっていた。開きそうになった口を、ぎゅっと引き締めると、瞼《まぶた》を閉じる。その額に汗が一滴流れた。

まるで彫像と化したかのように宗易は動かない。彼の中で凄まじいまでの葛藤が蠢《うごめ》いていることだろう。

俺は敢えて言葉を重ねることなく、じっと宗易が動き出すのを待つ。待つ。待つ……。

そんなわけもあるまいが、体感では半刻は待ったのではないだろうか、という沈黙を経て、ついに宗易の口が開かれる。

「……私も乗りましょう。ただし、条件が一つある」

勝った！　と、俺は内心声を上げるが、それでも冷静な口調で問い返す。

「条件とは何でしょうか？」

カッと、宗易の眼《め》が開かれる。

「大山、そなた私の下で茶の湯を学び直せ」

「はっ？」

「私の弟子として、茶の湯を学び直せと言った」

弟子？　俺が千宗易の？　何でまた……。

「そなたが下らぬ茶器を作れぬよう、私がその性根を一から叩《たた》き直《なお》してやるわ！」

苦々しい顔付きで、そんなことをのたまう宗易。

俺は呆気《あっけ》にとられながら、見詰め返すことしか出来ない。

時間の経過と共に、その言葉の意味する所が頭の中に浸透する。ついでに、弟子になった後の面倒臭さが容易に想像できてしまった。

すると、またもや客畳から笑い声が上がる。

「そうら！　やはり私の言った通りでしょう！　賭けは私の勝ちですな、大山さん！　どうです？　宗易さんに、大山さん、双方が苦渋の表情を浮かべることになったでしょう！」

手を叩いて大喜びする今井宗久の言う通り、俺は苦々しい顔をしていることだろう。目の前の宗易と同じように。

客畳から上がる笑い声を横目に、最早、宗易と二人してぶすっと押し黙るしか他になかった。

後世、大山源吉、千宗易双方にとって不本意なことに、源吉が商人としてだけでなく、茶聖千利休の弟子の一人として史に名を刻むこととなるが、幸いにも、彼らがそれを知る術はなかった。

＊

「面を上げい！　聞いたぞ、うらなり！　堺衆の茶人たちを説得したとな！」

開口一番そう言った信長に対し、俺は顔を上げるとただ笑みを刷《は》いてみせた。

岐阜城《ぎふじょう》の一室である。

堺での説得を終え、岐阜に戻ってくるや信長から登城の命を受けたというわけである。

どすんと座るや胡坐《あぐら》をかいた信長も満足げな笑みを浮かべる。

「これで、舞蘭度茶器を拵《こしら》えることができると思ってよいか？」

「はっ。窯元を開くための土地も押さえましたし、窯の建設も始まりました。まだ十全ではありませんが、陶工たちも集まり始めております」

「ふむ……」

信長は軽く頷くと、疑問を口にする。

「陶工の数はまだ足りておらぬのか？」

「はい。ですがこれも、じき必要な数が揃うでしょう。何せ、他所よりも十二分な銭を保証しておりますので。むしろ、まだ揃っていないのは、こちらが陶工の選《え》り好《この》みをしているからというわけでして」

「なるほどの」

信長は大きく頷いた。

俺は笑みを引っ込めると、神妙な顔付きに切り替える。

「新たな茶器の完成は、後は時を待つばかりでございます。重要なのは……」

「分かっておる。その名声を高めるために、ワシに動けと言うのじゃろ？」

「仰る通りにて」

「で？　何をせよと？」

俺はぐっと拳を握り締める。やや、前のめりになった上で口を開く。

「舞蘭度茶器を公方様《くぼう》へご献上下さい。然る後に、京にて大規模な茶会を。そこで公方様より御言葉を頂戴したく思います」

「……御言葉。舞蘭度茶器を褒め称える御言葉じゃな？」

「はい」

俺は背中に嫌な汗をかく。

いくら織田が担ぎ上げた神輿とはいえ、征夷大将軍《せいいたいしょうぐん》その人に、こちらが望む言葉を吐かせよ、と一介の商人が口にするのだ。

これが信長相手に言ったのでなければ、切り捨てられても文句を言えない所業である。

事の大きさ故にか、信長は暫し黙りながらこちらをじっと見る。

「……よかろう。義昭めには、必ずやそのように口にさせる」

信長は、敢えて諱《いみな》を呼び捨てた。

「有難き幸せにて」

そう言いながら平伏する。

……正直安心した。俺は柄にもなく、信長が頼もしいなあ、などと感慨を浮かべた。

義昭と呼び捨ててくれたことで、信長ならば、臆することなく征夷大将軍より望む言葉を引き出してくれるだろうと安堵《あんど》する。

「織田が銭と人を惜しみなく投じて拵えた舞蘭度茶器、それに公方のお墨付きも加われば、その名声は天下に鳴り響くであろうな」

「はい。必ずや」

「うむ。詰めを甘くして、躓《つまず》いては話にならぬ。うらなり、貴様はこの事業に注力し、必ずや完遂させよ。よいな？」

「はっ！」

俺は威勢よく返事する。

「よし！　舞蘭度茶器はそれでよい！　後は戦よ！　こちらはワシら武家の仕事じゃが……。今後の方針で、商人ならではの進言はあるか？」

信長の問いに、俺は宙を見ながら考え込む。

現在、織田は尾張、美濃《みの》、南近江《みなみおうみ》、更には畿内全域の諸勢力をほぼ支配下に置くことに成功している。

俺が岐阜支店だの、ブランド茶器事業の立ち上げだのに奔走している間に、伊勢《いせ》の北畠《きたばたけ》をも圧倒している。間もなく、北畠も織田に屈服することだろう。

つまり、今後の方針とは、北畠を屈服させた後の戦略方針のことに違いない。

「東か、西か。あるいは双方か……。貴様はどう思う？」

信長が重ねて問い掛けてくる。

「西でしょう。西方への膨張策に専念すべきです」

俺は断言してみせた。

「ふむ。理由は？」

理由、か。いくら織田の国力が、頭一つ飛び抜けているとはいえ、二正面作戦は好ましくない。同時に多くの敵を相手取るのは危険だ。

かつてあった史実では、二正面作戦どころか、信長包囲網という周囲敵だらけ、なんて頭を抱えたくなるような状況にすら陥っている。

これだけは、何としても避けなくてはならぬ。

「織田の国力は、諸大名の中でも頭一つも二つも飛び出してしまいました。なれば、織田に対する諸勢力はどう動きましょうか？　これは史を紐解《ひもと》けば明らかです。大国に抗するため、小国たちは一致団結することでしょう。かつて、秦に対抗せんとした合従軍のように」

「であろうな。それで？」

信長は相槌《あいづち》を打つ。

「東の抑え、死に体の今川《いまがわ》は置いておきましょう。武田《たけだ》の抑えに徳川《とくがわ》（つい先日、正式に三河守《みかわのかみ》に任じられるに当たって松平から徳川へと改姓した）を、上杉《うえすぎ》の抑えには、浅井《あざい》と、浅井を通じて朝倉《あさくら》にも協力を要請し、当たらせましょう。彼らに背を守る盾となってもらい、織田は西の敵とのみ戦うのです。お誂《あつら》え向《む》きに、先の公方様を弑した逆賊三好《みよし》攻めの大義名分はあります」

信長は暫し考え込む。

「徳川、浅井、朝倉は織田に体よく使われることに納得しようか？」

「銭です。銭を回されませ。莫大な銭を援助することと引き換えに、東の敵と戦ってもらえばよろしいでしょう」

「なるほどのう。銭で他国の兵を購《あがな》う、か」

「はい」

同盟者に背を守らせ、正面の敵にのみ注力する。美濃攻めの時と同じだ。

それに、信長には言えないが、朝倉を攻めることは、浅井の裏切りと、信長包囲網の切っ掛けとなってしまう。これは大悪手だ。

なれば、西方への膨張策こそが正解であると、俺は思う。

西の敵のみであれば、危うげなく織田は勝利を重ねるだろう。

西を切り取り、より国力を増してから、返す刀で東に切り込めばいい。

まずは、四国まで引っ込んだ三好であろうか？

逆賊討伐を名目に、淡路を経て、四国へと攻め入る。あるいは、三好は一旦捨て置き、播州《ばんしゅう》、中国方面へと領地を拡大していってもいい。

気掛かりなのは、三好と近しい本願寺《ほんがんじ》だが……。

彼らは動けまい。何故なら、信長包囲網さえ敷かれなければ、織田の勢力は圧倒的であるからだ。

かつてあった史実で、本願寺は確かに、三好を助ける形で急遽《きゅうきょ》織田に刃を向けた。

が、それは浅井、朝倉が織田に刃を向けた後のこと。

それ以前は、三好が追い詰められようが、三好の為に命をかけてまで戦いはしなかった。

ばかりか、信長からの莫大な矢銭要求をも呑《の》み込《こ》んだほどである。

これを思えば、いくら近しい三好の為とはいえ、全く勝ち目のない戦には乗り出さないだろう。

朝倉を攻めないことで、信長を最も手こずらせた本願寺も挙兵しない。

であるならば、やはり西を攻めることが正解であろう。

それに、西への攻勢は、純軍事的な理由以外に旨味もあることだしな……。

「ふむ。うらなりの言うことは尤もだ。……時に、うらなりよ」

「はい。何でしょうか？」

信長はにやりと笑む。

「西を推すは、誠にそれだけが理由であるか？」

……見透かされているな。俺もにやりと笑む。

「織田が西へと領地を拡大すれば、古来交易の大動脈となっている瀬戸内への影響力も増しましょう。商い上の旨味は、東を切り取ることとは比べ物になりません。それに、但馬《たじまの》国《くに》の生野《いくの》銀山《ぎんざん》は、喉から手が出るほど欲しく思います」

無論、更に西の石見《いわみ》銀山《ぎんざん》も欲しい。俺は欲張った本音も正直に話してみせた。

「がはは！　ついに商人の本音が転び出たわ！　よい！　ワシの鳥どもの餌場が増えることは、ワシに入ってくる税も増えることに繋がるしの！」

大笑する信長の面前で、俺は黙って頭を垂れた。

＊

護衛の弥七を連れながら、坂道を上っていく。

ここは京都の五条坂《ごじょうざか》、清水寺へと通じる参道である。

音羽山《おとわやま》に目を向ければ、木々は紅《あか》く色づいている。

俺が忙しなく動き回っている内に、秋もすっかり深まったようだ。

見事な紅葉に、目を細め見やりながら歩いている内に、建設されたばかりの、あるいは、建設最中の窯が、ふっと現れる。

信長の命の下、織田ブランド第二弾を成すために建造された窯だ。

その周囲には、方々から集めた陶工ら職人たちが屯《たむろ》して賑《にぎ》やかな様子である。俺がその集団の中に入ると、俺の姿を認めた職人たちが頭を下げていく。

「浅田屋の旦那！　これはどうも」

「精が出ますね。お疲れ様です。何か変わったことは？」

俺が何か問題がないか尋ねるも、職人らは首を横に振る。

「旦那が、俺たちの細やかな要望までしっかり聞いて迅速に対応して下さるから、困ったことは特にないですわ。なあ？」

そう口にした職人が、周囲の職人らにも振るが、『おう』『助かってますぜ、旦那！』などと、皆口々に肯定する。

ふむ。どうやら、ブランド第二弾の滑り出しは上々のようだ。

「今日は、千宗易殿がこちらに寄られると聞きましたが、宗易殿はどちらに？」

宗易はよっぽど、俺がロクでもない焼き物を作らせるのを警戒しているのか、頻繁に京都まで出向き、短くない期間滞在しては、窯場の様子を見たり、陶工らに指導したりしているらしい。

まあ、動機はどうあれ、熱心なことで大いに助かっている。

「宗易殿は、今日はまだいらしていませんぜ」

「そうですか」

ふむ。俺の方が先に来てしまったか……。

「なら、宗易殿が来られるまで、適当に窯場を回っています。宗易殿が見えられたら、源吉が会いに来ているとお伝えください」

「へい！」

職人らに、一つ頭を下げてみせると、そのまま窯場を歩いて回る。

真新しい窯に近づき、それをまじまじと見た。

地上式の窯だ。戦国期に入って増え始めたタイプの窯である。それ以前では、窖窯《あながま》といって、丘陵地帯の傾斜地に穴を掘って作る窯が主流だったが。

しかし室町末期から、戦国期にかけて、瀬戸《せと》や美濃を中心に、大窯と呼ばれる地上式、半地上式の窯が集落の近くに造られるようになった。

今、この五条坂界隈《かいわい》で押さえた土地に建造しているのも、このタイプの窯であった。

その武骨な窯をひとしきり見ると、今度は窯の近くに建てられた小屋の方に足を向ける。

そこでは、陶工たちが土を手でこね、へらでもって成形している姿があった。ろくろはない。手とへらだけで成形する、いわゆる手捏《てづく》ねの手法だが、これを採用したのは、宗易の指導によるものだった。

作っているのは、茶碗、花入、水指、香合、蓋置、建水など、見事なまでに茶道具ばかりとなっている。

俺が陶工らの背を見守っていると、『大山』と背後から声を掛けられる。

振り返った先にいたのは、千宗易であった。すぐ後ろに、見慣れぬ男を連れている。

「ああ、宗易殿」

「宗易殿、そちらの方は？」

「こやつの名は長次郎だ、見所のある職人でな。私が以前から、直々に指導しておる。いずれ、ここの窯場の指導的立場になってもらう積りだ」

「なるほど。初めまして、長次郎殿、浅田屋大山源吉です」

俺の挨拶に、長次郎はおずおずと黙礼する。

……寡黙な男なのだろうか？　まあ、構うまい。職人に、その手の人間は割と多い。腕さえあれば、寡黙だろうがお喋《しゃべ》りだろうが文句はない。

「それで？　大山、私に話があったのだろう？」

「はい。宗易殿、決まりましたよ」

俺の言葉に宗易は目を細める。

「いつに？」

「新年早々に。京にて、上総介様主催の大規模な茶会が催されます。それまでに、何としても納得のいく一品を完成させてもらいたい」

「公方様に献上するに値する一品、か。相分かった。全力で取り掛かろう」

「よろしくお願い致します」

俺は頭を下げる。

頷いた宗易は、直後職人の不手際を見咎《みとが》めたのか、『そこ！　そこのお前だ！』と、声を張り上げながら、ズカズカと職人の一人の下へと近づいていく。

茶会開催日が決まり、やる気満々といった風情だ。

この様子ならきっと、職人たちを叱咤《しった》激励しながら、天下の名物を一点完成させてくれることだろう。

俺はそのように安堵すると、まだ声を張り上げている宗易を尻目に、窯場を後にした。

「弥七、折角だから清水寺に参ろうか」

「よろしいですな」

俺たちは参道を進み、清水寺まで足を運ぶ。境内を歩きながら、自然と吸い寄せられるように本堂へ、そしていわゆる清水の舞台へと出た。

清水の舞台のそこかしこに人がいる。

多数は欄干から、舞台がせり出した山の斜面を見下ろしている。

俺たちも倣って、欄干まで歩み寄ると顔を突き出して下を覗く。

中々に高いが……山の斜面の下には木々があるので、案外飛び降りても、木々がクッションになって死なないかもしれない。

恐らくは助かる可能性の方が高いのではなかろうか？ まあ、だからといって、飛び降りたりしないが。

うん。清水の舞台から飛び降りる思いで何かを行うことはしても、実際に飛び降りたくはない。

暫く下を覗いて満足すると、俺は弥七に声を掛ける。

「最後に、清水の観音様を拝んで帰ろうか」

「はい。大山様は、何を願われますか？」

「ん？ そうだな……戦は織田様の領分であることだし。俺は俺で、ブランドと新年に開催される茶会の成功を願うとしよう」

信長は、以前俺が進言した通り、徳川、浅井、更に浅井を通して朝倉をも抱き込んだ大同盟結成に舵《かじ》を切っている。

そうしながら、西進の為の準備も着々と進めていた。

信長包囲網など影も形もなく、不安視すべき事象もない。

わざわざ、神仏に祈るようなことでもなかった。

なので、ブランドと茶会の成功を祈ると弥七に答えて、俺は本堂の中へと歩いていった。

事実、理屈で言えば、源吉と信長が描いた戦略構想は、何ら不備のないものであった。

故に、信長の領分などとして、戦のことを何ら顧わず、不安にも思わなかった源吉であったが、遠くない未来に、それを後悔することとなる。

源吉も、信長も、有能であるが故に見落としていた。

人は必ずしも、常に合理的な判断ができるわけではないということを。

＊

――永禄七年十一月
義昭を奉戴し上京した信長は、義昭から管領斯波《かんれいしば》家の家督継承、あるいは、副将軍の地位を勧められていたが、これを辞退し続けていた。

信長はそれまで上総介、後に僅かな間、三介（上総、上野《こうずけ》、常陸《ひたち》の三介）の官位を自称すると共に、代々織田家当主が自称した弾正忠《だんじょうのちゅう》も並行して用いていた。

そこで義昭は、副将軍の地位を遠慮した信長の為に朝廷に働きかけ、信長を弾正忠へと推挙。これにより、十一月二十四日、信長は正式に弾正忠に任官し、従五位下に叙される。

翌十二月、信長は弾正忠推挙の御礼も兼ねて、製作を命じていた舞蘭度茶器の第一号となる茶碗を義昭に献上した。

更に、年が明けて永禄八年一月、丁度梅の花が咲き誇る時分に、京での大規模な茶会を主催しようと試みる。

しかし開催のお触れを出す直前に、前年より丹羽長秀《にわながひで》、滝川一益《たきがわかずます》、池田恒興《いけだつねおき》、木下秀吉《きのしたひでよし》らの諸将に攻め立てられていた北畠が和睦を申し出てきた。

そこで、一旦茶会の触れを出すのは延期とされ、和睦交渉を終えた二月、桜の時期を逃すまいと、改めて茶会開催のお触れが出された。

――二月二十八日、北野の森において大規模な茶会を催す、と。

＊

――永禄八年二月二十八日　京都北野天満宮《きたのてんまんぐう》境内

今回信長は、京や堺などを中心に、公家や武家の貴人を始め、豪商や著名な茶人をこの茶会へと招待した。

更には、釜や呑物《のみもの》を持参すれば、町人や百姓も自由に参加してよいと言ったので、近隣の民も押し掛けて、境内には年始のお参りかというほどに人が詰めかけていた。

人数はどうやら、千人に達しようかというほど集まっているようだ。

此度の茶会の基本は野点《のだて》（野外での茶会）ということで、境内のそこかしこに二畳の畳が置かれ、めいめいが自由に茶を楽しんでいる。

しきたりに厳格な屋内の茶会と違い、気楽な野点であるから、皆ゆったりとした様子で茶を飲み、話に花を咲かせ、大層賑やかな様子である。

俺はそんな楽し気な人々の間を縫うように境内を歩く。

すると、ふっと風が吹き抜けて、桜の花弁が舞った。

人々は目を細めてそれを見やる。

何とも風流なことだ。当初の予定からずれ込み、この季節になったのは却《かえ》ってよかったのかもしれない。

まだ朝夕は冷え込むとはいえ、昼間ならぽかぽかと暖かい陽気だ。

この陽気なら、屋外での野点でも大丈夫だろうと開催場所を変更し、また同時に民の参加も許した信長の臨機応変な指示は、なるほど的確なものだったのだろう。

境内を歩き、拝殿の様子が遠目で窺える位置で足を止める。すると、拝殿の警護をしている兵らの中に、見知った信長の小姓の顔を見つける。ぱちっと視線が合った。

流石は信長の小姓と言うべきか、気が利く少年で、俺に手招きをしてくる。

お陰で、耳を澄ませば、拝殿の中で交わされる声を聞けるくらい傍《そば》まで近づくことができた。

「ありがとうございます」

俺は抑えた声で礼を口にした。

「此度の功労者の一人である大山殿の為ですから」

そう言って、小姓は如才なく笑う。

そんな遣り取りを交わした後に、俺は拝殿の中を窺った。

北野天満宮の十二畳の拝殿は今、二つの仕切りで三つの茶室に区切られ、そこでは公家や武家の貴人たちがもてなされていた。

それぞれの茶室の茶頭を務めるのは、堺の豪商にして高名な茶人としても知られる、今井宗久、津田宗及、千宗易たちである。

俺はそれらの茶室の中でも、千宗易が茶頭を務める茶室を注視した。

そこには錚々《そうそう》たる顔ぶれが並んでいる。

まずは、この茶会の主催者である織田弾正忠信長。

室町幕府からは、十五代将軍足利義昭に、幕臣の細川藤孝《ほそかわふじたか》。

そして公家からは、昨年政敵であった関白近衛前久《このえさきひさ》を義昭と共に追い落とし、再度関白の地位に就いたばかりの二条晴良《にじょうはるよし》。

征夷大将軍に関白だなんて、武家と公家の頂点だ。皇族を除けば、最も高貴な面子と言える。

何ともまあ、途方もないことである。

そんな中でも、千宗易は落ち着き払った様子で茶を点てているのだから、大したものだ。肝が据わっている。

ふと、義昭が持参した茶碗に目を留めた藤孝が、わざとらしく尋ねる。——無論、これは仕込みなのだが。

「上様、そちらの茶碗は初めて拝見する品かと存じますが……」

「おお。これか」

義昭が持参した茶碗を軽く持ち上げる。

遠目からは、単に黒い茶碗としか見受けられないが、俺はそれがどのような茶碗なのかよく知っている。

手捏ねによる僅かな歪みと厚みがある形状が特徴的な、陶器の茶碗だ。鉄釉《てつゆう》をかけて焼いたことから、黒色の茶碗となっている。

「弾正忠殿からもらった品でな。昨年から京で産するようになった新しき茶碗よ。見るがよい、この重厚な黒焼きを。唐物の天目茶碗《てんもくぢゃわん》にも劣らぬ、いずれ天下の名物になるであろう、素晴らしき茶碗じゃ」

自慢の宝物を誇示するように、義昭が褒めそやす。

それを聞いた藤孝がまたも口を開く。

「ほほう！　上様がそこまで仰られるとは！　某も拝見させて頂いても？」

「よかろう」

義昭が藤孝に茶碗を手渡す。藤孝は、どれどれと茶碗を見分すると、感嘆の溜息を吐いた。

「はあ。なるほど、素晴らしき茶碗ですな。ところで、昨年から産するようになったと仰られましたが、この焼き物、名は何と言うのです？」

「まだ決まってないそうじゃぞ。そうであったな、弾正忠殿？」

「はっ。その通りです」

信長は言葉短く返答する。

そこで、これまで黙っていた二条晴良が口を開く。

「ふむ。どうでしょう？　それならば、公方殿がお名付けになられては？」

「おお！　それはよろしいですな、関白殿下！」

藤孝が大いに頷き賛意を示す。

義昭はというと、少しだけ困惑した面持ちになった。

「余が？　ふーむ。……どうかな？　余が名付けても構わんか、弾正忠殿？」

義昭は信長に目配せする。

「公方様が名付けて下さるなら、この上ない名誉です。是非とも」

信長はそう言って、頭を垂れた。

「左様か。……確か、清水寺に通じる五条坂が窯元であったな。ならば、清水焼と」

義昭は捧げ持つように茶碗を持ち上げながら厳かに言った。

一連の遣り取りを見ていた俺は、苦笑を浮かべないようにするのに苦労した。酷い茶番である。

が、この茶番こそが、劇的な効果を発揮する。

この茶会での話を喧伝《けんでん》すれば、舞蘭度『清水焼』の名声は大いに高まることだろう。

俺はぐっと拳を握り締めたのだった。

永禄八年二月二十八日のことである。

信長公主催の大茶湯が北野天満宮にて催された。

公家、武家の貴人から、百姓に至るまで貴賤《きせん》問わず千人を超える者が参加した。

天候にも恵まれ、盛況となり、信長公ご機嫌斜めならず。
公方様より舞蘭度茶器にお褒めの御言葉を頂戴するばかりか、新たな舞蘭度に名を賜ったことは、これ以上にない御名誉なことであった。

――『信長公記』

第四章　鐘は打ち鳴らされた

強く踏み出した足に、木板の廊下がギッと悲鳴を上げた。

気が急《せ》いて思わず早足になる。親類とはいえ、人様の家で信長《のぶなが》よろしくドタドタと歩くわけにもいくまい。

そう思って自制しても、流石に丁寧な立ち居振る舞いをするには至らない。逸《はや》る気持ちを抑え切れぬまま、目的の部屋の障子を開いた。

直後、部屋の中に座る者の見上げてくる視線と俺の視線が重なる。彼女の大きな目が、更に見開かれた。

「旦那様！」

嬉し気な声を上げた直後、『あ、しまった』と言わんばかりに、於藤《おふじ》は手の平を口元に当てる。

そうして、恐る恐る視線を自身の胸元に、いいや、胸元に抱き寄せた赤子に向ける。赤子は、スヤスヤと眠っているようだ。於藤はほっと息を吐く。

俺は今度こそ意識して足音を殺しながら、ゆっくりと於藤に歩み寄る。

「眠っているのかい？」

「はい。赤子は眠るのが、大事な仕事の一つですのよ」

俺は於藤の胸で眠る赤子の顔を覗《のぞ》き込《こ》む。

瞼は閉じられ、その目を窺い見ることは出来ない。ちょこんとした鼻に、小さな唇、ふっくらとした頬は赤く色づいている。

これが親の子びいきというものか、今まで見たどの赤子より可愛《かわい》らしく見える。

赤子は、麻の葉文様の着物を纏っていた。──丈夫に真っ直ぐ育つ麻のように育って欲しい、という願いが込められている。

麻の葉文様の袖からは、紅葉のような小さな手が出ている。そっと、その手に触れてみた。

すると、きゅっと緩やかに俺の人差し指を小さな手が握る。赤子特有の高い体温、その温かさがじんわりと俺の指に伝わる。

「幸《さち》……」

俺は初めて、娘の名を呼んだ。

気のせいかもしれないが、俺の指を握る力が増したような気がした。それだけで、心が喜びで満たされる。

この世に、こんな幸せがあることを初めて知った。幸が、その名の通り、俺に幸福を運んでくれたかのようだ。

同時に、幸を産んでくれた於藤に対する感謝の気持ちも湧いてくる。

「ありがとう。ありがとう、於藤。それからすまない。出産に立ち会えず、あまつさえ、娘の顔を見に来るのが、こんなにも遅れてしまって」

娘の幸が生まれたのは、一月末のこと。

しかし、北野の大茶湯関連のあれこれで、どうしても京を離れることができなかった。今、生後一月以上経って、ようやく顔を見に来られたわけだ。

俺の言葉に、於藤は首を振る。

「いいえ、旦那様には重大なお役目があったのですから。それに、この子の為に素敵な名を付けて下さいました」

先月、舅大橋重長《おおはししげなが》から届いた文には、於藤が女児を出産したこと、於藤が俺に生まれた赤子の名を付けて欲しがっている旨が書き連ねられていた。

そこで、一晩中悩んだ末、俺は『幸』という名を返信の文にしたためたのであった。

「うん。舅殿からの文で女の子と知ったから、慌てて女の子なら、どんな名前がいいかと考え込んだよ」

於藤が体を固くする。気持ち俯いてしまった。

——？と、一瞬疑問を覚えるが、ああ、とすぐに理由に思い当たる。

「初めの子が女の子でよかった。世間では一姫二太郎がよいというからね」

俺がそう言うと、於藤が目に見えて肩の力を抜いた。

ああ、やはりそうか。

現代と違って、やはりこの時代だと、跡継ぎである男児を望む親も多いだろう。女児が生まれて、俺ががっかりしてないかと気にしていたに違いない。

「本当にありがとう、於藤。元気な子を産んでくれて」

「……はい」

於藤は涙ぐみながらも、華やいだ笑みを浮かべた。

俺は空いた方の手で、於藤の目尻から流れ落ちた涙をぬぐってやった。

*

「本当に可愛らしいなあ。こんなに可愛い赤子は見たことがない」

「またそれですか。旦那様は、早くも親馬鹿になってしまわれたようで」

津島にある、舅の大橋家の一室である。

俺が何度目になるか分からぬ言葉を口にすれば、於藤はくすくすと笑う。そうしてから、眠る幸の顔を見ながら頬を撫《な》でる。

「ですが……そうですわね。目元は私よりも、私の母に似たようで。それはようございました」

於藤は心底嬉しそうに言う。

彼女は、自身の目の大きさがコンプレックスだから、娘の目がそうならずに済んでよかったと思っているのだろう。

「ふうん。目元は義母に似ている、か。それは結構なことだ。他は誰に似るのだろう？」

「さて？　まだ何とも」

「於藤の母方の、織田《おだ》の家系は容姿に恵まれた御仁が多いからね。誰に似ても、よいだろう。ああ、だけど……幸、お前の大叔父にだけは似ないでくれよぉ」

「またそのようなことを。口は災いの元ですわよ」

於藤は呆れたように笑う。

どうやら冗談の類と受け取られたようだが、冗談でも何でもない。

いくら愛《いと》しい我が娘とはいえ、あの信長に似るのはちょっと……。うん。遠慮したい。

「ところで旦那様……」

そう言って、於藤は居住まいを正す。

「例の硝子《ガラス》細工の件ですが」

「ああ」

俺も気持ちを切り替える。

「どんな状況かな？」

「はい。職人らに命じ、試作を重ねてはいますが……。未だ、実用できる段階とは言い難く。まだまだ試行錯誤する必要がありましょう」

「ふむ。……これぱかりは、仕方ないね。何せ、丁度よい塩梅《あんばい》を手探りで見つけねばならないのだから」

そう。仕方ない。開発とは、トライ&エラーの繰り返しなのだから。

と、理屈では分かるが、実は既に少なくない時間と銭を費やしている。

仕方ない、と思いつつ、そろそろ結果が欲しいと思うのも、人情というものだろう。

そんな気持ちを察してか、於藤が弱ったような顔をする。

「硝子細工の件を、私が監督したままで本当によろしいのですか？　旦那様自ら陣頭指揮を取られた方がよろしいのでは？」

「いや。自分で言うのも何だが、今や俺の一挙手一投足に、国内外が注目している状況だ。次は何を仕出かすのだ、とね。俺が指揮を取れば、怪しまれよう。が、於藤が硝子職人に物を作らせているだけなら、珍しく美しい硝子細工を気に入った高貴な女人が、趣味で細々とした物を作らせているとしか思われんだろう」

ガラスなんてものは、この時代、然程《さほど》重きを置かれていない。実用的な使われ方なんぞ、余りされていないのだ。

まあ、見た目だけはよいから、一部の女人が硝子細工を持て囃すくらいのものだ。だから、於藤が細々とした物を作らせているだけでは、それほど怪しまれまい。

万一怪しまれても、それこそ、世の女人向けに売り出す硝子細工を作っているのかと、浅田屋《あさだや》は、次は硝子細工を大々的に売り出す積りだろうか？　と予想されるのが関の山だ。

まさかガラスを使って、世の在り方を一変させるモノを生み出そうとしているなど、誰が想像できる？

俺は思わず吊り上がった口角を隠すように、口元に手の平を当てる。

「……完成した暁には、天下がひっくり返るぞ」

半ば独り言を口にする。於藤が、はあと溜息を吐いた。

「責任重大ですね」

「気苦労をかけてすまないね。これからは、幸の顔を見る為にも、ちょくちょく様子を見に顔を出すようにするから、許しておくれ」

「そのような安請け合いをしてよろしいのですか？　旦那様もご多忙でしょうに」

「うん？　忙しいのは忙しいだろうが……」

俺は一つ首を捻る。

この前の茶会で、清水焼《きよみずやき》は一応の成功を見た。

出だしは上々で、窯元も新たな名器を作らんと、日々励んでいる。

無論、まだまだ俺がしないといけないこともあるが、立ち上げ段階が終わった以上、これまでほどの苦労もないだろう。

一方、国内外の情勢といえば、これまた順調だ。

かつての構想通り、浅井《あざい》を通じて朝倉《あさくら》まで抱き込んだ、織田、徳川《とくがわ》、浅井、朝倉の四家による大同盟の枠組みも既に成った。

信長は、莫大な資金援助と引き換えに、後背を徳川、浅井、朝倉の三家に任せ、自らは西進の為、大規模な兵の準備を行っている。

まずは、四国への足掛かりとして、淡路国を獲《と》る積りでいるようだ。早ければ、四月には出兵の見通しだと聞く。

ふむ。やはり、こちらにも問題らしい問題はない。順風そのもの。

「正に世の情勢は、我らに利するばかり。大丈夫だよ、於藤。この様子なら、いくらかの時間を作ることは、造作もないだろう」

俺はすっと立ち上がると、障子を開く。開かれた先を見れば、澄んだ青空が広がっている。お天道様《てんとうさま》からは、温かな日差しが降り注いでいる。

その気持ちよさに誘われて、俺は部屋の外に踏み出し、沓脱石《くつぬぎいし》に揃えられた草履に足を通す。

「ん？……っとっと」

「旦那様、どうかなされましたか？」

背中越しに、於藤の問う声が掛けられた。

「いや、草履の鼻緒がね……」

見下ろした視線の先、草履の鼻緒がぷつんと切れていた。

＊

永禄八年四月　京
大通りの中央を葦毛《あしげ》の駿馬《しゅんめ》が闊歩する。跨《また》るは、黒い南蛮笠《なんばんがさ》を被り、赤色の布袴《ぬのばかま》を着用した信長《のぶなが》である。

その周囲を黒、赤母衣衆《ほろしゅう》を筆頭に馬廻《うままわ》りが固めて行進していた。

信長は元より、馬廻りもまた優れたる馬に跨り、立派な出で立ちをしていて、威風堂々たる様であった。

「見よ、あれぞ将軍様より武勇天下第一と賞された織田様の行列ぞ」

京入りする信長の行列を一目見ようと、大通りの両脇に集まった群衆から、そんな声が上がる。

その威容を目の当たりにして、そこかしこから感嘆のため息が漏れた。

「御立派なことよ。して、此度《こたび》の京入りは如何《いか》なる御用向きであろう？」

若い男が疑問を口にすると、偶々《たまたま》近くにいた老齢の僧侶が答える。

「知らんかね、お若いの？　公方《くぼう》様が織田様に、逆賊三好《みよし》討伐の命を下されたのじゃ」

「三好討伐？」

僧侶は頷く。

そう。僧侶が口にした通り、征夷《せいい》大将軍《たいしょうぐん》足利義昭《あしかがよしあき》より織田信長に対し、逆賊三好討伐の命が下されていた。

元々は、信長側から内々に三好討伐の打診をしていたもので、兄を三好三人衆に弑された義昭は、喜んでこれに応じた形となった。

信長は討伐の命が下るや、自らの勢力下にある諸将に召集命令を出すと、自ら陣頭指揮を執るため岐阜《ぎふ》城《じょう》を出発。本日京入りとなったのである。

「じき、織田様の兵らも続々と集まってくるじゃろうなあ」

顎髭《あごひげ》をしごきながら、僧侶は独り言のように言う。

「やはり、凄い数になるんじゃろうか？」

「当然よ。今や織田様は並ぶ者のおらぬ広大な領地を治める大大名ぞ。その上、先月の同盟締結を聞いたであろう？　織田、徳川、浅井、朝倉の四家による大同盟よ。……その動員兵力たるや、想像を絶するものに違いあるまい」

訳知り顔で話す僧侶の言葉に、周囲の者は皆唾を飲み込む。

この言もまた正しい。

先月三月には、かねてより交渉が重ねられていた、織田、徳川、浅井、朝倉四家による大同盟が成立していた。

これにより、三河《みかわ》、尾張《おわり》、美濃《みの》、越前《えちぜん》、近江《おうみ》、山城《やましろ》、伊勢《いせ》、伊賀《いが》、摂津《せっつ》、河内《かわち》、和泉《いずみ》、大和《やまと》にまたがる一大勢力が誕生したのである。

この同盟を主導したのが、最も力を持つ織田家であったのは言うまでもない。ただ、同盟内容としては、織田が他三家に大変譲歩したものとなった。というのも、それぞれの家が味方を背にし、正面の敵と戦うことを基本方針とした同盟であったのだが、何と織田がその為の矢銭の多くを負担すると申し出たのだった。

この申し出通り、織田から三家に対する資金援助として、莫大な銭が回された。

普通なら、悪い条件を呑《の》まされる側が立場の弱いものと見られがちであるが。織田が誰の目にも明らかなほど、他三家より強大であったがために、人々の目にはこれがむしろ、他三家の織田家に対する従属的同盟のようにすら映っていた。

「……確かにその話は聞いた。徳川様だけでなく、浅井様や朝倉様も、織田様の下についたって。なら、その四家の兵が一挙に押し寄せるんか？　そりゃあ、一体どれほどの数よ？」

「分からん。分からんが、途方もない数なのは確かじゃ。……いいかね皆の衆、公方様の下に今、これ程までに心強き将がおられる。三好討伐はおろか、天下の隅々まで征伐できるやもしれぬ。そう、天下泰平の世が現実になるかもしれんのじゃ」

「天下泰平……」

呆然とした呟きが漏れた。うんうんと僧侶は頷く。

「長生きはするものじゃて」

過ぎ去る行列の背を見送りながら、僧侶はしみじみと口にしたのだった。

本能寺《ほんのうじ》に到着した信長は、休む間もなく口を開く。

「吉兵衛《きちべえ》を呼べい！」

「ハッ！」

使い番は返事をするや、駆け出していく。

吉兵衛――村井《むらい》貞勝《さだかつ》は、信長に先んじて京入りをしていた。

貞勝も、信長が到着すれば呼び出しがあると予測していたのであろう。さほど時を置かずに、本能寺に駆け付けた。信長の眼前で平伏する。

「吉兵衛、本願寺《ほんがんじ》に駆け付けた。信長の眼前で平伏する。

余りに端的で、相手に伝える意思が微塵《みじん》も感じられぬ言葉だが、それだけで貞勝は理解する。

「如何様に試しましょう?」

「矢銭じゃ。逆賊討伐を名目に、本願寺に矢銭を課す。子細は貴様に任す」

「畏《かしこ》まりまして」

「……諸将の参集と出兵準備は、五月に入る頃に終わろう。それまでにケリを付けよ」

「ハッ!」

信長の命に従い、貞勝は石山本願寺への要求内容を纏《まと》める。

曰く『先の公方様を弑した逆賊討伐のために矢銭を支払うべし。応じるなら、寺社領をこれまで通りに安堵しよう』。

文面通りなら、単なる金の無心である。見返りは、寺社領の安堵だ、と。

だが、実はより重大な意図が裏に隠されていた。そう、これは一種の踏み絵であったのだ。

本願寺内には、かつての畿内《きない》の実力者である三好家と誼《よしみ》を通じていた、親三好派が少なくなかった。そんな彼らに、信長は決断を強いたわけである。

そう、三好を見限って織田に付くか否か、それを矢銭徴課に応じるかどうかで示せ、という問い掛けで。

決断までに時を要するかと思われた、この要求だが、しかし結論から言えば、本願寺はすんなりと五千貫もの矢銭を支払うこととなる。

本願寺の決断を、英断だと思う者もあれば、織田の威光と三好の凋落《ちょうらく》を見れば、当然の判断だと思う者もあった。

本願寺が示した恭順により、懸念を払拭した信長は翌五月、尾張、美濃、そして畿内全域より、五万とも六万とも言われる大兵力を集結させた。

これは、徳川、浅井、朝倉の援軍を頼らぬ、織田独力での動員であり、正に織田家の威光を内外に示すこととなった。

「壮観じゃ」

京郊外に設けられた大陣営。そこに上がる無数の黄色地の旗――織田永楽銭《えいらくせん》を見遣《みや》って、信長は満足げに呟く。

懸念事項であった本願寺との折衝《せっしょう》、出兵準備、これらを終えた今、三好討伐の機は熟していた。織田旗下の将兵はおろか、信長でさえ、血が沸き立つのを抑えられぬ。そんな面持ちであった。

「先鋒《せんぽう》は丹羽五郎左《にわごろうざ》じゃ！　これが淡路国を攻め獲るのを待ってから、次鋒《じほう》の柴田《しばた》、ワシ率いる本軍と、三手に分け、淡路を経て四国へと押し出す！」

「「応！」」

信長の号令に、織田将兵は天を衝くような声で応える。

三好家の命運は風前《ふうぜん》の灯火《ともしび》に思われた。

ところが、ここに来て、誰にとっても予想外の事態が起こる。

＊

――越前　一乗谷《いちじょうだに》
一乗谷の中心に構えられた朝倉館へと、一人の男が歩を進めていた。

男の名は、平手《ひらて》久秀《ひさひで》。かつて若き日の信長の傅役《もりやく》を務めた平手政秀《まさひで》の嫡男であり、現在四十一歳になる。

久秀は、織田主導の四家同盟締結と共に、朝倉家の治める越前へと派遣された。

名目上は、連絡係ということであったが、実質上の軍監に近い立場であることを、誰より久秀が承知していた。

矢銭の支援と引き換えに、朝倉のみならず、徳川や浅井にも同様の役目を負った人物が派遣されている。

軍監ではなく、連絡係と称したのは、三家の面子を慮ってのことであった。

久秀は難しい顔をしながら歩いている。

というのも、今朝になって突如、朝倉館に来るようにと呼び出されたからであった。

――急な呼び出しとは、どういうわけであろうか？

全く心当たりのない久秀は、内心首を捻るばかり。

得心いかぬまま朝倉館を訪ねた久秀は、大広間へと通された。

そこで一人待っていると、先触れの直後、朝倉家当主義景《よしかげ》が数名の供を伴って入室してくる。

久秀は下座で平伏して出迎えた。

上座からの衣擦《きぬず》れの音で、義景が座ったのだと、久秀は知る。

ところが、中々義景から声がかからない。

訝《いぶか》しく思いながら頭を下げていると、ようやく『面を上げられよ』と義景から声が掛かる。

「ハッ！」

顔を上げた久秀が見た義景は、脇息《きょうそく》に肘を置き、少し崩れた姿勢で座っている。

表情はというと、眉は寄り、目が据わり、口は真一文字に結ばれている。ありありと、不快さを前面に押し出していた。

久秀の背に嫌な汗が伝う。――『何か、朝倉様の不興を買うようなことをしてしまっただろうか？』と、そんな不安が鎌首をもたげた。

トンと覚えがないが、知らずの内に不興を買い、それが為に急な呼び出しを受けたのかと、そんな推測を久秀はする。

　不興の理由が明らかになれば、即座に申し開きなり、謝罪の言葉なりを口にしようと久秀は思ったが、義景は再びだんまりを決め込む。

　久秀の方から口を開くことも出来ず、嫌な沈黙が流れた。

　どれほどそうしていたか、出し抜けに義景が口を開く。

「……面白くない」

「は？」

　義景の言葉に、久秀は思わず気の抜けた声を出してしまう。

　しまったと、益々汗をかく久秀は、焦りながら言葉を重ねる。

「お、面白くないとは、どのような意味でございましょうか？　拙者が何か不作法でも？」

　義景は、ちらと久秀に一瞥《いちべつ》をくれるだけで、独り言のように続ける。

「ワシは、朝倉に利すると思ったからこそ、此度の同盟を受けた。ただそれだけのことじゃ。なのに、世間は朝倉が織田に臣従を示したなどと言いよる。銭を施され、いいように扱き使われておるとな」

　義景の表情は更に険しくなっていく。

「それだけならまだしも！　織田がお主のような監視役を放り込んでくるとはどういう了見か！　世間のみならず織田までもが、我ら朝倉を下に見ておるとでもいうのか!?」

「滅相もございません！」

久秀は言い募る。

「喧《やかま》しい世間の戯言《たわごと》に惑わされますな！　織田にはそのような意図は決して！」

弁明しながら、久秀は必死に頭を回転させる。

こうまであからさまに不満を表明するのは、どういう意図だろうか、と。

怒りのままに自分を呼び出し、ぶつけるように不平を口にしているのか？

あるいは、怒っているふりをして、何か織田側から新たな譲歩を引き出そうと目論《もくろ》んでいるのだろうか？

久秀は、そのように推測を立てていく。

前者ならとにかく宥《なだ》めすかさねばならない。

後者なら、相手の要求を引き出した上で、受けるか受けないかの判断を殿に仰ぐまで言質を取られないようにしなければ！

そう考えた久秀は、判断材料を増やすために問い掛ける。

「我らがどのようにすれば、朝倉様は誤解を解いて下さるのでしょうか？」

「解く必要などない。朝倉は同盟を破棄し、織田と敵対する。旧友である浅井家《あざいけ》の前当主、浅井《あざい》久政《ひさまさ》殿も同じ想いじゃ」

『御冗談を』という言葉は声にならなかった。

久秀がその言葉を発するより先に、パン、バンと、突如障子や襖が開かれ、ズカズカと槍や刀を持った男たちが踏み込んできたからだ。

「あっ！」

代わりに、そんな声を出しながら、久秀は咄嗟《とっさ》に立ち上がる。

同盟を破棄し、織田に敵対するという言葉が、本気なのだと悟った。

久秀は唯一持ち込んでいた脇差を抜いて抵抗しようと試みるも、四方八方から刀槍を突き出されては詮方なし。

容易く討ち取られ、自らの傷口から流れ出た血だまりの中に倒れ伏す。

義景は脇息に肘を置いたまま、黙してその様を見やった。

＊

ドタドタドタと、小谷城《おだにじょう》の廊下を走る者たちがいる。

まだ若年の者が多い顔ぶれは、浅井《あざい》長政《ながまさ》の近習《きんじゅ》たちであった。

彼らは、つい今しがた得た情報を主君に伝えるべく足を速める。酷く緊張した面持ちからは、深刻な事態が起こったことが容易に察せられた。

先を急ぐ男たちの中に、遠藤孫作《えんどうまごさく》という若武者がいた。

——まさか父たちが、斯様《かよう》な曲事《くせごと》を企もうとは……。

孫作は苦々しい表情を浮かべる。

朝倉義景が織田家臣を謀殺した上で、反織田の兵を挙げた。浅井家の先代当主であった久政もまた、義景と結び兵を挙げようとしている。

その報せを摑んだのが孫作であった。

彼が屋外で弓の修練をしている折に、人目を憚《はばか》るように遠藤家を訪ねて来た男を偶々見かけた。

訝しく思って屋敷に戻った先で、訪ねて来た男——久政の密使と、孫作の父が交わす密談を立ち聞きしたのであった。

そうして孫作は、主君浅井長政の近習たちに、この事を警告したのである。

「殿!」

「何だ! 何事じゃ!?」

今年二十一になる、立派な体軀《たいく》に恵まれた若者——浅井長政は、襖を開けるや血相を変えて飛び込んで来た己の近習たちに仰天する。

近習たちは、先程孫作から聞いた話を、矢継ぎ早に口にする。

朝倉義景と、父浅井久政の企てを聞かされていなかった長政は目を見開く。

「何と！　朝倉殿が！　それに父まで！」

驚きの声を上げる長政に、近習たちが頷く。

「はい。先代は、先代の頃からの諸将を動かし、既に兵の準備を終えている模様。近く、殿にも兵を動かすようにと、先代は申し出て来るのではないでしょうか？」

長政は頭を抱える。

「如何致しましょう？」

押し殺した声で問い掛けられ、長政は顔を持ち上げる。その瞳には、覚悟の色があった。

「……この長政、斯様な不義に加担するわけにはいかぬ。断じて、断じてだ！」

近習たちはごくりと生唾を飲み込む。

「では、先代と……」

長政は無言で頷いた。

「されど、既に動いている先代に対し、こちらは何の準備も出来ておりませぬ。それに、この小谷城の中にも、先代の息がかかる兵らが多数おりましょう。殿が先代に協力せぬとあっては……」

「そ奴らの凶刃が、私に振るわれるかもな」

「はい」

主従揃って難しい顔をする。

「……致し方あるまい。一旦は協力する振りをして、隙を見て城を抜け出す。然る後に、国人たちに召集令を出そう。将兵の参集を待って、父と一戦仕《つかまつ》る」

「ハッ！　承知しました！」

長政と近習たちとの遣り取りを、黙って見ていた孫作は固く拳を握る。

──殿の御為《おんため》に働かねば。昔日《せきじつ》の御恩をお返しするためにも。

かつてあった史実では、父と共に反織田に動いた長政であったが、それは信長の方が約束を反故《ほご》にし、『朝倉への不戦の誓い』を破るという不義を働いたからである。

元々、先代当主の久政ら年配の世代は、古くからの誼がある朝倉に親しく、逆に若い世代は、親織田の傾向にあった。

此度は、この浅井家中の事情がそのまま顕在化した形となった。

親朝倉の諸将が、隠居していた久政を引っ張り出し、朝倉と盟約を交わさせた、というのが実情に近かったのである。

兎に角、父久政の動きを掴んだ長政は、隙を見て小谷城を脱出。姉川《あねがわ》を隔てて南にある横山城《よこやまじょう》に入城する。

そこで領内各地へと召集令を発した。

これに応えたのは、主家浅井家と同じく既に世代交代を終えた家々であり、逆に先代の頃から仕えている者たちが当主の家は、久政の側に付いた。

息子長政が対決姿勢を明らかにすると、久政は長政陣営が甚だ準備不足である所を衝かんと、即座に姉川を前にする三田村《みたむら》まで押し寄せ布陣したのであった。

かくして、浅井は新旧二つに分断され、骨肉の争いと相成ったのである。


「殿！　先代率いる敵勢が、姉川を挟んで向かいの三田村まで押し寄せてきております！」

横山城に飛び込んだ急報に、長政は歯噛みする。

「くっ！　まだ味方を約束した諸将も参集し切っておらぬのに！　……敵勢は如何ほどか？」

「物見の報告によらば、三千から四千！」

敵兵力を聞いた長政は、次いで傍にいた近習に問う。

「既に集まっておる味方の数は！」

「……二千に届かぬかと」

場に沈痛な静寂が降りる。

「…………籠城なさいますか？」

長政は首を振る。

「籠城の準備も出来ていない。そう長く籠ることも出来んだろう。それに、押し寄せてきた敵勢は、この長政が敵となったと知り、父が第一陣として急行させた兵らであろう。いずれ後続が来る。恐らく、味方の援軍より早く。益々兵数差が開きかねん」

「なれば……」

「打って出る！」

力強く断言すると、長政は場にいる者たちの顔を順繰りに見る。

「者ども！　敵は千か二千ほど多いやもしれん！　しかし、それを率いる将どもは、引退間近の老将どもよ！　どうして血気盛んな我らが負ける道理があろうか！　老いぼれどもに、我ら若人が引導を渡してくれん！　よいな！」

「「応！」」

長政勢は、まだ夜も明けきらない早朝に静かに横山城を出ると、そのまま朝霧立ち込める姉川まで出る。

この霧こそ天の配剤と、長政は渡河突撃を命じた。

「掛かれ！　すわ、掛かれい！」

数に劣る長政勢である。勢いこそ肝要と、足軽雑兵のみならず、兜《かぶと》を着けた騎馬武者までもが、先を競うように突撃する。

バシャ、バシャと水を蹴る音。天まで届けと上がる雄叫び。突然霧の中から飛び出てきた長政勢に、泡を食った久政勢は後手に回ってしまう。

おお！　と勇ましく一番槍《いちばんやり》を入れたのは、誰あろう遠藤孫作であった。

敵の雑兵を突き崩すと、すぐさま二人目へと突きかかりこれもまた討ち取る。

浅井家中で武勇に優れた若者、将来が期待されるとの評判通り、雄々しい戦いぶりを見せる。

その様に勇気付けられ、後続の兵らも蛮声を上げながら突撃する。

足並み乱す久政勢の一陣を突き崩し、尚も勢いは衰えない。

「そのまま敵中を食い破れ！　突き崩せ！」

恐れ知らずにも、長政は最前線近くまで出張り声を嗄《か》らしながら檄を飛ばす。

益々勇気付けられた兵らは、懸命に敵を崩そうとする。

しかし時間が刻一刻と過ぎるにつれ、奇襲効果も薄れゆく。次第に数の多い久政勢も盛り返してきて、戦況は膠着《こうちゃく》していった。

もっとも、完全に態勢を立て直したとまでは言えず、依然長政側の優勢であった。

そんな状況が、戦端を開いてから三刻ばかり続く。

「あと少し！　もう少しじゃ！　者ども死力を……『殿！　あれを！』」

近習が指し示す先を長政は見る。視線の先には、新たな旗印が戦場に現れていた。

「あれは味方か！　それとも敵か！」

元は皆、浅井家中の味方同士である。現れた新手が、味方か敵か咄嗟に判断できなかったのだ。

が、それもすぐにハッキリした。新手が長政側に攻めかかってきたからだ。

長政は、急ぎ新手へ対応するために兵を送るが、このせいで序盤からの勢いが完全に止まってしまう。

一人、また一人と味方の兵が倒れていき、形勢は完全に逆転していた。

「殿！　戦況、我が軍に利あらず！　急ぎお逃げ下され！」

そう注進したのは、最前線から一度退いていた遠藤孫作であった。

「どこに逃げろと言うのか!?」

「無論、織田様の下にて！　織田様の助力を仰いで、再起を図られませ！」

「馬鹿な！　父が不義を働き、只でさえ浅井の名は落ちておる！　だというに、私まで生き恥をさらし、更に家名に泥を塗れと申すか！　出来ぬわ！　ここで討ち死にする！」

「短慮を申されますな！　再起を図り、然る後に家名を上げなされ！　それに小谷の方を如何なされます!?　このまま敵中に取り残されておしまいになる小谷の方をお救いなされるのは、殿であるべきでしょうや！」

「ッ！」

小谷の方──自らの妻である市姫《いちひめ》のことを出され、長政は言葉に詰まる。それを見て取った孫作は穏やかな表情を浮かべる。

「どうぞ、お退き下され。拙者はここ姉川で、殿がお戻りになられるのをいつまでもお待ち致しましょう」

「お主……」

孫作は一度頭を下げると、槍を携え再び前線へと駆け出していく。

「……撤退じゃ！」

馬廻りを伴い、長政は真っ先に撤退する。後ろを振り向くことなく。

一方最前線へと舞い戻った孫作は、スーッと息を吸うと大音声を上げる。

「殿の御為、命捨てる覚悟ある者は、我に続け！」

長政が逃げる時間を稼ぐために、死兵たちが吶喊《とっかん》する。

皆が皆、忠臣の鑑と言える働きぶりであったが、それでもやはり、孫作の戦いぶりには冠たるものがあった。

一人を突き崩し、二人目も突き崩す。ところが、三人目の槍もまた、孫作の腹に突き刺さった。

一瞬動きを止めるも、刺さった槍を抜き捨てるや、今度は三人目に突きかかる。

三人、四人と突き倒し、ここで槍の柄が折れてしまったので、代わりに刀を抜いて斬りかかる。

鬼の形相の孫作に及び腰になった敵兵が、腰が引けたまま情けなく槍を突き出してくる。それを易々《やすやす》と刀で払うと肉薄し、五人目を斬り捨てる。

ここに来て、孫作は四人の兵に囲まれる。

体を右に左に回転させ、それぞれと相対しながら刀を振るって牽制《けんせい》するが、一斉に槍を突き出され、その内の一本が孫作に明らかな致命傷を負わせた。そのまま地に倒れ伏してしまう。

「殿……」

朦朧とする意識の中、孫作が見たのは走馬灯であったか？

瞼の裏に、昔日の光景が蘇る。

幼少の孫作は、大樹の陰に座り込んでさめざめと泣いていた。

この頃、孫作は同年代の他の武家の子たちからよく揶揄《からか》われては、泣いていたのだった。

というのも、孫作は他の子たちより背が伸びるのは早かったが、それに反して頭の巡りが鈍い子供であった。よくウドの大木と揶揄われた。

「そこで泣いているのは、誰か？」

凜とした声が通る。その声に釣られ、顔を持ち上げた孫作の視線の先にいたのは、こちらも幼少の頃の長政であった。

「若様！」

孫作は慌てて立ち上がると、目元をごしごしと擦《こす》った。

「遠藤家の子だったか。何故泣いておる？」

「いえ、その……」

まごつく孫作に、長政は『申せ』と促す。

躊躇《ためら》いながらも、ぽつぽつと訳を語る孫作の言葉に、長政は頷く。

「何だ、そんなことか。ウドの大木？　結構なこと。多少知恵が回らぬのがどうした。その恵まれた体こそが、武家の子にとっての天稟《てんぴん》ではないか」

長政は覚えてはいないだろう。しかし、その言葉に勇気付けられた孫作は、一時も忘れることはなかった。

長政の言葉に励まされ、武芸の修練に励み続けた。いつの日か、自分を勇気付けてくれた長政に恩返しする為にと。

「殿……」

孫作は再度呟く。拳を握り締めた。

倒れた孫作を囲んだ兵の一人が、我先に首を獲らんと、孫作の傍まで駆け寄った。駆け寄ったが、そこで孫作は残された力を振り絞り、がばりと起き上がる。

まさか立ち上がるとは思わなかったのだろう。怯《ひる》んだ目前の敵に孫作は肉薄する。白刃が煌めき、敵兵の胴を抜いた。

そのまま孫作は、一歩、二歩歩き、三歩目で崩れ落ち、もう起き上がることはなかった。

敵味方に分かれたとはいえ、元は同じ浅井家中の武者たちである。

忠義を貫いた若武者の見事な最期に、感涙する者は数え切れなかった。

ここに姉川の戦いは、朝倉に与した浅井久政の勝利と終わったのである。

＊

信長の眼前で、手をつき首を垂れているのは浅井長政であった。

敗残の将として京まで逃れてきた彼は、面目のなさ故にか一向に頭を上げようとしない。大きな体を震わせ、俯き涙ながらに詫《わ》びの言葉を重ねる。

「此度の父久政の不義は申し開きのしようもなく。某《それがし》もまた、それを掣肘出来ぬばかりか！　敗れ、織田より迎え入れた妻をも置き去りに……！　置き去りに落ち延びる生き恥をさらす始末！　弾正忠《だんじようのちゆう》殿、誠に申し訳ありませぬ！　申し訳ありませぬ！　申し訳……！」

信長は詫びの最中に立ち上がると、長政へと歩み寄る。片膝をつくと、長政の肩に手を置いた。

「面を上げられよ」

「されど、弾正忠殿……」

「それ以上何も申すな。不義を働いたは其《そ》の方に非ず。故に詫びはいらぬ。只、共に戦ってくれればよい。そう、悪逆な輩どもを共に成敗しようではないか、義弟よ」

長政は涙に濡《ぬ》れた顔を持ち上げる。

「……はい！　はい、義兄上！」

信長は一つ頷くと、すっと立ち上がる。怒りを灯す眼光を、部屋の隅に控える近習へと向ける。

「諸将を集めよ！　すぐさま軍議を開く！」

事態の急変と、落ち延びてきていた長政が信長と面会することを諸将は聞き知っていた。故に諸将は、信長からの新たな下知が下ることを予想していた為、すぐに召集に応じた。

怒りに燃える信長は、諸将を前に開口一番『三好攻めは止めじゃ！』と吐き捨てた。

信長の剣幕に、諸将は慄《おのの》き震え出しそうになる。

「ワシ自ら軍を率い、裏切り者どもを根切りにしてくれん！……備前守殿！」

信長は出し抜けに、備前守――浅井長政に呼び掛ける。

「備前守殿には先鋒となってもらい、先導役を頼みたい」

「承りました」

信長の頼みを、長政は二つ返事で受けた。信長は一つ頷くと、次いで佐久間《さくま》信盛《のぶもり》に視線をやる。

「右衛門尉《うえもんのじょう》！　貴様には別働隊を任せる！　摂津方面へ進出し、三好めの畿内侵攻に備えよ！　ワシが主力を率い畿内を離れれば、奴らはまたぞろ動き出すに違いあるまい！」

「ハッ！」

信長は更に明智《あけち》光秀《みつひで》にも声を掛ける。

「金柑！」

「ハッ！」

「貴様にも一隊を任す！　京に留まり、この地の守護をせよ！　また、此度の動きを受けて、畿内で曲事を企《たくら》む者も出るやもしれん！　目を光らせよ！」

「承知しました！」

信長は最後に諸将の顔を見回す。

「以上じゃ！　出陣の準備を急げ！」

「「ハッ！」」

諸将は一斉に応える。

信長はバッと立ち上がると、肩を怒らせ、ズカズカと常よりも更に荒々しい足音を立てながら、部屋を後にした。

――永禄八年五月末

信長は軍を動かす。

自らは織田軍主力四万を率い、朝倉、浅井（久政）討伐に向かう。

対する朝倉、浅井連合軍には、拠点を捨てて以降も反織田として動いていた六角《ろっかく》も合わさり、二万から三万の兵力で迎え撃とうとした。

一方、佐久間信盛を大将とする別働隊の下には、畿内に明るい松永久秀《まつながひさひで》や、木下秀吉《きのしたひでよし》らが配され、三好への備えとして摂津国へと向かう。

枚方《ひらかた》を経て摂津入りし、ここで摂津三守護の和田惟政《わだこれまさ》、池田勝正《いけだかつまさ》、伊丹親興《いたみちかおき》、更には雑賀《さいか》衆と合流し、兵数を一万数千とした。

また、信長の主力、佐久間《さくま》の別働隊が出陣した後の京には、明智光秀《みつひで》率いる兵らが残った。

兵力は、先の本圀寺《ほんこくじ》防衛にて、光秀と共に奮戦した若狭衆らを含む五千ばかり。彼らには、京の守護と畿内各勢力への牽制が任された。

——永禄八年六月初頭

織田側の危惧通り、三好三人衆が動く。

阿波《あわ》・讃岐《さぬき》の兵らを掻き集め、二万近い軍勢を動員。海を越えて兵庫浦に上陸すると、織田方の瓦林城《かわらばやしじょう》、越水城《こしみずじょう》を瞬く間に落城させる。

これを受け、佐久間率いる別働隊一万数千は、伊丹城《いたみじょう》を本拠とし、その周辺に防衛の為の陣を敷いた。

兵力は、若干佐久間隊の方が少なかったが、十分対処可能な兵数差であり、そもそも彼らは必ずしも三好を撃破することを求められていなかった。

防衛を第一にするようにとの、信長の厳命があったのである。

佐久間信盛が大将として抜擢《ばってき》されたのも、彼には血気に逸り決戦を行う積極性などなく、むしろ決戦を避けたがるだろうとの思惑があってのことだった。

この時、信長率いる主力は、まだ朝倉、浅井、六角連合軍との戦闘には及んでいなかった。

信長の軍勢が優勢なのを見ると、連合軍は一旦兵を後退させ決戦を避ける素振りを見せていたからである。

とはいえ、信長が更に敵領内へと深く足を踏み入れれば、いずれ決戦とならざるを得ず、全ては信長の戦略通りになる筈であった。

決戦にて、朝倉、浅井、六角を蹴散らし、返す刀で畿内を侵攻した三好をも蹴散らす。

信長は自らの勝利を確信し、京の光秀宛てに『敵領内に踏み入り、決戦に臨もうとしている。朝倉どもを根切りにするのも間近だ』との文を出してさえいた。

だが運命は信長に微笑《ほほえ》まない。

この時代を生きる誰にとっても予想外なことに――唯一人源吉《げんきち》を除いては――その鐘が打ち鳴らされる。

そう、永禄八年六月八日、突如として石山本願寺の鐘が打ち鳴らされたのだった。

＊

「石山本願寺が挙兵……。信じられぬことじゃ」

一人の男が呆然《ぼうぜん》とした面持ちで声を漏らす。

年の頃は四十に届かぬくらいであろうか？　黒髪の中に白い毛が目立つようになってきた頭を抱え込んでいる。

彼の名は、佐久間信盛。信長より摂津方面の別働隊指揮官に任命された男である。

ここは、別働隊が本拠と定めた伊丹城の大広間であった。

――石山本願寺挙兵！　その凶報が舞い込み、急ぎ諸将が集められ開かれた軍議の最中である。


「ご、誤報ではないのか？　いや、三好めが流した偽報やも……」

よっぽど信じたくないのだろう。信盛は藁《わら》にもすがるように、何度目かになる言葉を漏らす。


「右衛門尉殿！　しっかりなさいませ！　次々と同様の報せが届いておる以上、本願寺の挙兵は間違いありません！」

苛立ったように言ったのは、摂津三守護の一人和田惟政だ。

普段なら、織田家の重臣である信盛に斯様な物言いはしないのだが、逼迫《ひっぱく》した戦況から彼も冷静さを欠いていた。

無理もないことである。突如の本願寺挙兵。

門徒兵らは、織田方の砦《とりで》を落としつつ西進。三好三人衆に助勢すべく、真っ直ぐに佐久間ら別働隊へ向け進軍しているというのだ。

しかも、当初五千に届かぬばかりであった門徒兵らは、途上で合流してくる門徒らを吸収し、今では八千余りに膨らんでいるのだとか。

正面の三好勢二万、東からの本願寺勢八千、この両者に二方向から攻め立てられては、信盛の率いる別働隊はたちまちの内に瓦解するだろう。

「すぐに行動すべきです！　右衛門尉殿、撤退しましょう！」

和田惟政は言い募ったが、『あいや、待たれよ！』と伊丹親興が口を挟む。

「軽率に動く勿《なか》れ！　慌てふためいて逃げ出しては、追撃に遭い甚大な被害が出る！」

尤もらしい言い分であったが、この発言には多分に私情が含まれていた。

それを看破した和田惟政は嘲るような物言いをする。

「これは異なこと！　留まれば袋の鼠《ねずみ》と童でも分かることでしょう！　それほどまでに自らの居城を敵に明け渡したくはないのですかな？」

「なっ！」

図星を衝かれた伊丹親興は顔を真っ赤にする。

そう、現在別働隊が本拠と定める伊丹城は、彼の居城であった。

「何と無礼な物言い！　某はそのような意図は決して……！」

本願寺挙兵、投げ込まれたその凶報に、軍議は紛糾する。

それを制するべき立場の信盛も右往左往するばかりで、いっかな静まりそうにない。

木下藤吉郎秀吉《きのしたとうきちろうひでよし》は、そんな様を大広間の下座で窺いながら、怒りやら呆れやらを覚えていた。

このような下らない言い争いをしている間にも、本願寺勢は近づいてきているのだ。

意を決した藤吉郎は、ぐっと拳を握り締めると口を開く。

「拙者が思うに……『伝令でござる！』」

藤吉郎の言を遮るように、伝令が大広間に飛び込んできた。

居合わせた諸将は皆、恐々と伝令を見やった。

この状況でもたらされる急報は、新たな凶報に違いあるまいと判じたからだ。

「────────！」

諸将は驚きに目を見開く。伝令が口にしたのは、予想とは真逆の朗報であったからだ。

＊

時は少し遡り、永禄八年六月三日　京

「やっと着いたか……」

俺は棒のようになった足をそれでも無理やり動かしながら、京の通りを歩く。

「旦那様、まずはどこか宿を取り休まれては？　旅の垢を落とされ、人心地付かれてからお目通りを願われた方が……」

弥七《やしち》が気遣うように言ってくる。気持ちは有難いが、俺は首を振る。

「いいや、そんな暇もなければ余裕もない。急ぎ目通り願わなければ」

津島で於藤と幸の様子を見た後、俺はまずは熱田《あつた》に寄り、次いで岐阜《ぎふ》、京と回る積りであった。

しかし、熱田から岐阜に向かう途中の宿場町で、朝倉、浅井が裏切ったとの報せを耳にしたのだった。

瞬間、肝が潰れる思いだった。それ以降も、ずっと胃の腑《ふ》に重たい鉄塊が落ちたかのような苦しい心地でいる。

――拙い、拙い、拙いと、そんな言葉が空回りし続けていた。

石山本願寺は挙兵しない。

そう確信したのは、三好が孤立していたからこそだ。

親三好派が多い本願寺だ。心情的には三好に肩入れしたいだろう。

しかし、孤立している三好には手を貸すまい。それは自殺行為を意味するのだから。

だが！　だが！　朝倉、浅井が反織田に回れば、話が変わってくる。

本願寺は挙兵するかもしれない。いいや、挙兵するだろう！

それを危惧した俺は、急ぎ信長に注進しようと、京までの道を急いできたのだ。

ぐずぐずと、ここで休んでいる暇などない。

「旦那、少しよろしいか」

俺は適当に通りを歩く男を引き留める。

「何だい、俺に何か用か？」

男は少し怪訝そうな顔で応える。

「織田様は、今どちらに逗留されておられるのだろう？　御在所は本能寺かい？」

男は訝しげな表情から一転、きょとんとした顔付きになる。

「兄さん知らんのか？　織田様は大軍を率いて四日も前に京を発たれたよ」

糞《くそ》！　内心悪態を吐く。信長はもう出陣した後か！

「……織田様のご家来の中で、どなたか京に留まっておられる御仁は？」

信長がいなくても、せめて村井貞勝《むらいさだかつ》か、あるいは、誰か俺と知己の織田家の重臣がいてくれれば……！　頼む！

「奇妙なことを聞くなあ。……誰だったか、ちらっと耳にはしたんだが……」

「んんー」

「思い出せませんか？」

男は唸りながら一つ首を捻る。

「村井様？　柴田様？　森様でしょうか？」

「いや、違うなあ」

「……では、明智様？」

「あっ！　そうそう、その明智様だ！」

光秀か！　光秀となら面識がある。話を聞いてもらうことは出来るだろう。

しかし……相手は信長じゃない。

本願寺が挙兵するかもしれない。そんな不確定な情報で、軍を彼の独断で動かすことなど出来ようか？

厳しいかもしれない。ならば……。俺は腹を括《くく》った。

それから光秀の逗留場所を聞き出した俺は、弥七を伴い急ぎ向かった。

門番には胡散臭げな顔で迎えられたが──旅の垢も落とさぬ旅装のままだったので──されど『浅田屋』の名を出せば、聞き知っていたようで取り次ぎをしてもらえた。

中に通され、一室で待つように申し付けられた。

俺は座して待ちながら、まだかまだかと体を揺する。

ほどなくして現れた光秀は、俺を一目見て驚きの声を上げた。

「どうした大山？　その身形《みなり》は？」

若くても大商人の一人だ。常ならば相応の格好で目通りを願う。それが今日は、汚れた旅装のままだから驚かれたのだろう。ついでに不精髭《ぶしょうひげ》まで生やしている。

この非常事態だ、格好などどうでもいいだろう！　という苛立ちを覚えると同時に、まだ心のどこか冷静な部分で、常と異なる格好から非常事態であると、分かりやすく光秀にアピールできて僥倖《ぎょうこう》であったとも思う。

さて、光秀を説得しなければ……たとえリスクを度外視してでも。

ぐっと、拳を握り締めた。

「明智様、時がありません。単刀直入に申し上げます。石山本願寺が挙兵します」

「何と言った、大山？」

俺は挙兵します、と断言した。

挙兵するかもしれません。そんな推測——しかも傍から聞けば何ら確証のないものでは、光秀に軍を動かさせることなどできないだろう。

もしも、本願寺が挙兵しなければ、俺だけでなく光秀まで罰せられかねないからだ。

「本願寺が挙兵すると申しました」

「どういうことだ？　本願寺が挙兵？」

光秀はじっと俺の格好を見直す。

「その情報を掴み、急ぎ注進しに参ったということか？」

「はい」

俺は頷く。内心を悟られないように努めながら。

ああ、背中に嫌な汗をかく。胃はきりきりと締め付けられる。

こんなことを言って、もしも本願寺が動かなければ？　いくら俺でも咎《とが》めを受けかねん。只でさえ、織田、徳川、浅井、朝倉の四家同盟を勧めたのは俺なんだ。

それが裏目に出てこんな状況なのに、更に織田家を惑わせるような妄言を吐いたとなれば、首すら飛びかねん。勿論、物理的に。

「……俄《にわ》かには信じられん。しかし、他でもない大山がそうまで急いで注進に来たとあっては」

光秀は顎に手を当てて考えるような素振りを見せる。

「……真なのだな？」

「はい」

俺は真っ直ぐ光秀の目を見詰める。決して逸《そ》らすような真似はしない。

「どのように掴んだ情報じゃ？　その確度は？」

「申し上げられません」

「何？」

「申し上げられないと、そう言いました。しかし確度は極めて高いです」

「……何故言えぬ？」

「その訳も申せません。お察し下さい」

場に沈黙が落ちる。空気が張り詰めるようだ。俺も光秀も黙ったまま互いの目を見詰め合う。

先に沈黙を破ったのは、光秀であった。

「真に本願寺が動くなら、殿の判断を仰いでいる余裕はない。が！　虚報に惑わされ、勝手に兵を動かしたとあっては、後々殿のお叱りを受けかねん。分かるな？」

「はい」

「それでも私に動けと申すか？」

「はい」

「大山も只ではすまんぞ」

「覚悟の上です」

「……分かった。任せよ」

光秀はそう請け合った。

「……手前がこう問うのもおかしなことですが。よろしいので？」

「ほんに、お主が言うことではないな」

光秀は笑う。

「真に本願寺が動くのであれば、私が行動せねば織田は破滅しかねん。なれば、殿の夢の為に尽くすと決めたのじゃ。万が一にも、それを潰《つい》えさせる芽は刈り取らねばならぬ。……まあ、取るに足らぬ者の妄言ならいざしらず、大山、お主の言うことだしな」

「明智様……」

「ただし！　本願寺の挙兵がなければ、私は殿への申し開きの際に、烏《からす》めに騙されたのですと、全力でお主のせいにするから、その積りでの。ずる賢く、よく口の回る烏の囀《さえず》りに騙されたのなら、それも仕方あるまいと、罰も軽くなるだろうよ」

俺は苦笑する。

「相分かりました。御礼申し上げます、明智様」

俺は光秀に対し、深々と頭を垂れた。

＊

「明智殿、真に兵を動かす気かね？」

幕臣の細川藤孝《ほそかわふじたか》は難しい顔で光秀に問い掛ける。言葉にしなくても、光秀が兵を動かすことに、彼が否定的な意見を持っていることが分かる。

「ええ、細川殿。明朝には京を発ちます」

光秀は素知らぬ顔で頷いた。益々、藤孝の顔は厳しくなる。

「何だ、その浅田屋とか言ったか。たかが一介の商人の言を真に受けるのは如何なものか？　正直言って、正気とは思えぬぞ」

「やもしれませんね」

何とも素っ気ない相槌。藤孝の苦言も、光秀には全く痛痒《つうよう》とはならなかった。

ぶすっとした顔で藤孝は吐き捨てる。

「全く、何故そこまで商人の言を妄信できるのか……」

「何故、ですか」

光秀は思い起こす。先日、屯所に飛び込んできた源吉の有り様を。

くくっ、と思わず相好を崩した。

「どうしたね？　そのようににやけて」

「いえ。失礼……」

光秀は手の平を口元に当てる。

「そうですな。先の問いの答えですが、常に賢《さか》しらで如才ない振る舞いを崩さない男が、目も当てられないような無様をさらしたのです。これを異常事態と呼ばず、何と言いましょうや？」

そう、源吉が乱れた姿で現れるやら、交渉とも呼べぬお粗末な交渉をするやら、常とは程遠い醜態をさらした。

その一事が既に、光秀にとっては信じられないことなのだ。

——ならば、本願寺が挙兵することがあってもおかしくない。むしろ、そのような大事でもなければ、大山があのような無様をさらすものか。

光秀はそのように思った。

が、それは源吉を直接知る彼であればこそ。藤孝からすれば、全く兵を動かすに足る根拠になりえない。

——さもありなん。

光秀は、藤孝の理解を得るのを諦める。

「何も京を空っぽにするわけではありません。そも大所帯では、行軍が遅れてしまう。連れていくのは、近江、若狭の国衆を中心とした二千ばかり。三千の兵を残します。この三千は、細川殿にお任せします。京と公方《くぼう》様をお守りくだされ」

「されど……」

まだ不服そうな藤孝に、光秀は笑いかける。

「もし本願寺の挙兵がなく、殿のお叱りがあるようならば、その時は『引き留めたが、明智は聞く耳持たず飛び出した』と仰って下さって結構。責めは、私が一身に引き受けましょう」

藤孝は数秒逡《しゅん》巡《じゅん》したのち、こくりと頷いた。

＊

街道を先へ、先へと急ぐ兵らの姿があった。

京を進発した、光秀率いる兵たちである。

足軽雑兵らは最小限の荷物だけを持ち、小荷駄は後から追いつけと、足を動かし続ける。いいや、小荷駄部隊はおろか、足の遅い者すら待たず、健脚の者は先を急げとの下知であった。

「こんな行軍聞いたこともなし！」

「まこと、まこと！　尋常ならざることよ！」

「明智様は、何をお考えか？」

「お味方の危機とのことであるが……」

「真に本願寺が？」

「異なことよ。先般、本願寺は殿の要求に応え、矢銭を支払ったではないか」

尋常ならざる強行軍に、兵らは訝しがり疑問を口にする。

「じゃかわしい！　あの明智様が、出立前にワシら一兵卒にまで頭を下げられたんを忘れたか！　――『疑念はあるだろうが、どうかこの光秀を信じて欲しい』とな！　ワシらはそれに頷いただろうが！」

同輩らの疑問の声に苛立った男がそう叫ぶ。

「分かっとるわ！」

「じゃから、こうやって走っとるんじゃろうが！」

「そうじゃ！　他ならぬ明智様が頭を下げられたからの！」

「明智様の命でなくば、このような不可解な命令を真っ当に受けるものか！」

「なら、ぶつくさ言わず足を動かせ！」

兵らは叫び合いながらも、足を動かし続ける。

この行軍に疑問はあれど、兵らは光秀の命令を疎かにする気は毛頭なかった。

それというのも、今光秀が率いる近江、若狭の国衆たちは、前年の三好三人衆による本圀寺急襲の際、光秀と共に僅かな兵力で本圀寺に立て籠った者たちだ。味方の後詰がくるまで大軍を相手に戦い抜いた、言わば苦楽を共にした者たちであった。

この時光秀は、兵らを励まし、鼓舞して回ると共に、自らも銃弓取りて敵兵を十数名射倒してみせた。その勇敢さに、近江、若狭の国衆たちは心から感服したのだ。

だからこそ無茶な命令であれ、彼らは必死に応えようとしているのである。

そんな懸命に進む兵らの姿を、光秀は馬上から見やる。

——これならば、想定よりも早く摂津入りできる。

そう思い、一つ頷いたその時、蹄《ひづめ》の音を鳴らしながら、一人の騎馬武者が現れる。

「伝令！　伝令！」

それは光秀が、先んじて京から放っていた斥候の姿であった。

「本願寺挙兵！　本願寺挙兵にござる！」

「ッ！」

光秀はくわっと目を見開く。

「真に動いたか！　いつ動いた!?」

「昨日の正午にて！」

「昨日の昼か！」

光秀は頭の中に叩《たた》き込《こ》んだ地図を思い浮かべる。

「明智様！」

「明智様、如何します!?」

光秀の側近たちが口々に尋ねる。

「……吹田城《すいたじょう》を目指す！　急ぐぞ！」

光秀らは昼夜街道を駆けた。京を発ったのが、六月九日の早朝。吹田城に到着したのは、翌十日の日没から二刻後のことであった。

実に四十キロ近い道のりを、二日かけずに踏破したことになる。

僅か二千の兵で、しかも短期間の行軍であったとはいえ、これは途方もない強行軍であった。

この時代の平均的な行軍速度は、一日十五キロ。

まだ起きていない──この歴史において起こるかは定かではないが──秀吉《ひでよし》の中国大返しが約十日で二百キロ。一日平均二十キロであることを考えれば、これよりも速い。

無論、秀吉の大返しは、比べるべくもないほどの大軍での強行軍であったが。

松明《たいまつ》で夜の闇を払いながら進む兵らの先頭に立って、光秀は大声を上げる。

「開門！　開門されたし！」

先行した騎兵から光秀来訪を聞いていた吹田城兵は、開門し光秀らを迎え入れる。

「伊丹城におられる佐久間殿に伝令を！　光秀が吹田城に入ったと！」

門を潜りながら、光秀はそう指示を飛ばす。そんな彼の前に一人の武将が現れた。

「よくぞ、よくぞ参られた、明智殿」

そう言って光秀を迎えたのは、吹田城の城主である男であった。

光秀は頷くと、挨拶もなく尋ねる。

「本願寺勢は何処に？」

「本願寺勢は、淀川《よどがわ》堤を越えた辺りであろう」

「淀川堤……」

——間に合った！　光秀は内心そう叫ぶ。

本願寺勢が、真っ直ぐに佐久間隊のいる伊丹城を目指せば、吹田城の南を横切る形となる。

ならば、吹田城に陣取った光秀隊は、南下して本願寺勢の横腹を衝くなり、本願寺勢が吹田城の南を横切るのを待ってから後背を衝くなり出来る。

無論、吹田城に織田方の後詰が到着した、その事実を本願寺勢が知れば、その脅威を認識することだろう。

吹田城を無視して伊丹城を目指すことは出来ないことを悟るに違いない。

――我ら後詰部隊が吹田城に到着したことを本願寺勢が知れば、彼奴等の取るであろう行動は……。

光秀は、敵の次の一手を予測する。

「急ぎ籠城の準備を……本願寺勢が大挙してこの城に押し寄せようぞ」

光秀は誰に聞かせるでもなく呟いた。

＊

――『信長上洛以来、難題を繰り返し申し付けられ、ずいぶんなる扱いである。これまで応じてきたがその甲斐《かい》なく、寺地を明け渡せとまで告げてきた。かくなる上は、開山の一流退転なき様、各々身命を顧みず、馳せ参じよ。馳せ参じず信長と戦わぬ者は破門とする』

浄土真宗本願寺派第十一世宗主たる顕如《けんにょ》が、門徒たちに向け飛ばした檄文《げきぶん》である。

その苛烈さたるや！　門徒たちは仰天しながらも、信仰心から来る義憤に駆られた。

――このままでは石山本願寺が潰される！　信長許すまじ！

……実際に信長が石山本願寺に要求したのは、五千貫の矢銭だけであったが、そのようなことは、門徒たちには知りようもないことである。

顕如の言葉を信じた門徒らは、僧兵はおろか民草たちまでも武器を手に続々と結集し、光秀らの籠る吹田城に達した頃には、その数を八千としていた。

一方、吹田城に籠る織田方は、光秀が京より直卒してきた二千に、元から吹田城に詰めていた城兵ら六百を併せた、二千六百ばかりの兵であった。

「来よる！　来よるぞ！」

味方より圧倒的な数を誇る門徒兵。彼らが殺到してくる様を見た城兵の一人が、思わずといった具合に上擦った声を上げる。

恐怖は伝染するものか。恐れを伴ったざわめきが、漣《さざなみ》のように波及し始め——。

「狼狽《うろた》えるな！　数ばかり多い雑兵よ！」

凛《りん》とした声が響く。怖気付《おじけづ》きそうになった城兵らは、声の主を見る。そこには厳しい眼《まな》差《ざ》しながらも、泰然と構える光秀の姿があった。

どしっと構える指揮官の頼もしさは、兵らに安心を与えるものだ。

恐怖に駆られそうになった兵ら——元から吹田城にいた兵らは、いくらか落ち着きを取り戻す。

光秀に従ってきた兵らは、もとより動揺すらしていない。彼らは既に一度、同様の危機を乗り越えた強者たちであった。

「冷静にな。十分に引き付けよ。まだじゃ……まだ……」

光秀は目を細め、城までの道を登ってくる敵との間合いを測りながら口にする。

「……今じゃ！　射《う》て！」

号令一下、銃弓を手に取る兵らが、一斉に射撃する。

パンパン！　と少数の火縄銃が破裂音を響かせ、それよりも多い弓から放たれた矢が、風切り音と共に放物線を描く。

矢玉は、押し寄せてくる人の波に吸い寄せられ、哀れ命中した者らが倒れ伏す。

それでも門徒兵らは止まらない。続けざまに降る矢の雨をものともせず殺到してくる。

ある者はそのまま塀に取り付こうとし、またある者は梯子《はしご》を掛けようとする。

城兵も黙ってそれを見過ごすわけもなく。

銃や弓ならず、投石をする者、釜で沸かした熱湯を浴びせかける者、各々がそれぞれの手段で撃退しようとする。

落ちてくる石や、熱湯を被《かぶ》せられた門徒兵らは堪らない。声にならない悲鳴を上げながら、よじ登ろうとした塀から転げ落ちる。

真っ先に塀に取り付いた勇敢な者らは、その気概の甲斐もなく、悉《ことごと》く返り討ちに遭う。その悲惨な光景を見て、ついに後続の門徒兵らの足が——止まらなかった。

戦慣れした足軽雑兵でも、同じ状況なら二の足を踏んでしまうだろう。

にもかかわらず、門徒兵らは足を止めぬ。

げに恐ろしきは信仰心か。武士の勇気をも上回るそれは、正に己の命顧みぬ吶喊であり、異様なまでの自己犠牲の発露であった。

「止まんねえ！　何じゃ、こいつら!?」

一度は鎮まった恐れが、再び城兵らの心中で鎌首をもたげる。

その様に光秀は危機感を覚えた。

「ッ！　その鉄砲を寄こせ！」

光秀は一つ舌打ちをすると、丁度弾込めを終えて銃を構えようとしていた兵に右手を伸ばす。

「は、ハッ！」

鉄砲手が慌てて手渡してきた銃を構えると、光秀は狙いを定める。

――パン！　と銃が火を噴くと、今まさに梯子を登り切った敵兵の眉間を射貫《いぬ》く。

「弓を！」

光秀は銃を返すと、間髪入れず別の者から弓を受け取る。

矢を番《つが》え、弦を引き絞っては狙いを定め、塀に駆け寄ろうとしていた敵を射貫く。

続けざまに、三矢を放った。生死は分からない。だが、その矢も吸い寄せられるように敵兵に命中し、三人が倒れた。――どっと城内が沸く。

「お見事！」

「日の本一にて！」

指揮官にこれほどまでの武勇を示され、奮い立たない兵などいない。

敵兵の異様さに崩れかけた士気は持ち直し、いや、天を衝かんほどに高まった。

「将たる明智様に兵たる我らが後れを取っては、末代までの恥ぞ！」

「まっこと、その通りじゃ！」

「気張れ！　坊主どもを追い払え！」

誰ともなく、そんな叫びを上げながら、必死になって城兵は敵を撃退していく。

その様を見て、光秀はそっと安堵の息を漏らした。

――これならば、暫くは持ち堪えよう。

それから数刻ばかり。日暮れが訪れ、門徒兵らが退却していく。

それを見送る城内から歓声が上がった。

「明智様！　やりました！　あれをご覧ください！」

喜色を浮かべ、そう言い募ってくる兵に、光秀は微笑みを返す。

だが、その心中は決して明るいものではなかった。

――暫くは持ち堪えよう。されど、何日持たせられるであろうか？

退却していく門徒兵の背を見ながら、光秀は心中そのように呟いた。

「明智殿が吹田城に入城の由！　本願寺勢もこれを受けて転進！　まずは吹田城を攻略する模様！」

＊

「真か!?」

軍議中に飛び込んだ吉報に、佐久間信盛は思わず腰を浮かせて問い返した。

「相違ありません！　報せに来た伝令の顔を知る者が城中に数名おりました。彼らが言うには、明智様の旗下の者で間違いないと！」

おお！　と諸将が声を上げる。

「明智殿が後詰に！」

「坊主どもは吹田城を捨て置いて、ここに直進するわけにも行きますまい！」

「そうじゃな！　横槍《よこやり》の恐れがあるからの！」

「助かった！　これで暫しの猶予が出来た！」

「これなら、秩序だった撤退も出来ましょう！　如何？」

——如何？　と、和田惟政が大将である信盛に顔を向ける。

「うむ、うむ。正しくその通りじゃ！　安全に退ける内に退くとしよう！」

信盛は満足げな顔で二度、三度頷く。

窮地を脱する光明が見えて、目に見えて血色がよくなっている。が、そこに水を差すかのような声が挟まれる。

「お待ち下され！」

信盛は露骨に嫌そうな顔を発言者に向ける。

「何じゃ、木下……殿」

発言者は、木下藤吉郎秀吉であった。

「ハッ！　撤退それ自体は問題ないかと！　ただし！　吹田城への援護は如何なされるお積りか？」

信盛は益々顔を顰める。余計なことを言うなと、その顔に大書されていた。

──はん。やはりの。気付いてなかった、というより、意図的に見ないふりをしとった、ちゅうわけじゃ。佐久間らしいわ。

藤吉郎は、心中そのように吐き捨てる。

「……吹田城への援護とな？」

「はい。明智殿が殿より預けられた兵は、五千であったかと。京をがら空きに出来たとも思えませぬ。なれば、実際に動かしている兵は更に少ないでしょう。とても、独力で本願寺勢の攻勢を耐え凌《しの》げるとは思えませせぬ」

「むう……」

信盛は目を左右に泳がせ、暫し何と答えたものか、と窮したそぶりを見せる。

「……しかしじゃ、木下殿。明智殿は、我ら一万四千の将兵を救うために決死の覚悟で後詰に参られたのじゃ。ここで吹田城への援護に入り、再び一万四千もの将兵を危機にさらしては、本末転倒であろう？」

「つまり、より多い将兵の為、明智殿ら少数の兵を見殺しにせよ、と？」

「なっ！」

信盛は顔を真っ赤にする。

「木下！　無礼な！　そなた口が過ぎよう！　ワシは何も……『あいや！』」

藤吉郎が遮る。

「分かっており申す！　佐久間様の言わんとされておることは！　そしてそれが正しいことも！　されど、傍目《はため》にはそのように映りかねない、そう申し上げておるのです」

「傍目とな？」

「ええ。――『佐久間以下別働隊の諸将は、明智に救われたにもかかわらず、これを見捨てよった』などと、口さがない者が言い出しかねません。そうなれば、この場におる者は皆、天下の声望を失うやも……」

「それは……では、どうせよと言うのじゃ！」

藤吉郎は、ドン！　と己の胸を叩く。

「どうか、某の部隊だけでも、吹田城への後詰に向かうことをお許し下さい」

「木下の部隊だけか……」

信盛は虚空を見詰める。数瞬の後、ニタリと笑んだ。

「おお！　それはよい！　我ら本隊を危険にさらすような真似は避けねばならぬが、さりとて、吹田城を見殺しにも出来ぬ！　なれば、少数精兵の救援部隊を送るのがよかろう！『木綿藤吉《もめんとうきち》』なら、救援すること能うに違いない！　任せたぞ、木下殿！」

「ハッ！」

――下衆《げす》が！　都合のよい逃げ道を提示すれば飛びつきよった。オレなんぞ、死んでも痛《いた》くも痒《かゆ》くもないからのう。むしろ、下賤《げせん》の成り上がりが死ねば清々するとでも、思っとるんじゃろうが。

藤吉郎は、心中痛烈に信盛を罵倒するが、おくびにも出さず畏まった表情を作る。

「しからば、急ぎ兵の準備をします。御免！」

藤吉郎が大広間を退出して暫く歩いていると、弟の小一郎《こいちろう》が姿を現す。

「兄上！　軍議の決定は如何！」

「後じゃ、小一郎」

藤吉郎は軽く手を振ると、小一郎を伴い無言のまま城を出て、木下隊が陣を張る一画へと足を向ける。

すると、ここでも軍議の結果を待ち侘《わ》びた、木下隊の主だった者たちが藤吉郎を囲う。

「鼠の旦那！　軍議はどうじゃった!?」

「明智様が救援に現れた、と噂が流れとるが？」

「戦うんか、逃げるんか、どっちじゃ!?」

矢継ぎ早に問い掛けられ、藤吉郎は嫌そうな顔をする。

「ええい！　一旦黙れ！　ええか!?」

藤吉郎は一喝する。

全員黙ったのを見て取ってから、再び口を開く。

「明智が後詰に現れたんは本当じゃ。吹田城に入城したらしいで。これで、佐久間隊は何とか退却することもできるじゃろうな」

おお！　と藤吉郎の部下たちは喜色を露《あら》わにする。

もっとも、続く藤吉郎の言葉に、色を失うことになるのだが。

「……じゃが。木下隊は吹田城への後詰に向かうで」

藤吉郎の言葉に、不満が噴出する。

「そんな！」

「貧乏籤《びんぼうくじ》じゃ！」

「どうして断らんかった、鼠の旦那!?」

咎める声や視線にも、藤吉郎はびくともしない。むしろ、にやりと笑む。

「貧乏籤？　まさか！　唯一の当たり籤じゃて！」

予想外の言葉に、藤吉郎の部下たちは毒気を抜かれポカンとする。

「ええか？　明智のお陰で、佐久間隊は何とか退却できるじゃろ。だがな、撤退戦は楽なもんじゃないぞ？　まだ正面の三好らの大軍がおるからの」

確かに、と皆頷く。

「想像してみい？　一万を超える軍勢と、ちっぽけな木下隊、三好の目を引くのはどっちじゃ？」

「あっ！」

藤吉郎は更に笑みを深める。

「吹田城への後詰にしても、救援に向かったが既に時遅かっただの、とても救援すること能う戦況ではなく、泣く泣く諦めた、とでも、いくらでも言い様があるで」

「流石は、鼠の旦那じゃ！」

「なら、吹田城に後詰に行くふりだけして、安全に逃げるんか！」

「いや……」

藤吉郎は首を横に振る。

「お前らには、一戦を覚悟してもらうで」

「は⁉」

「どういうこっちゃ！　さっきと言ってることが違うで！」

「じゃから！　よう考えてみぃ！」

藤吉郎は再び一喝する。

「吹田城を攻城しているのは、戦の素人どもじゃ。ひょっとすると、とんでもない隙があるかもしれん。その隙を衝けば、見事救援出来るかもしれんじゃろ？」

藤吉郎は部下たちの顔を見回すが、彼らはまだ納得顔をしていない。

そこで更に言い募る。

「権兵衛《ごんべえ》、弥助《やすけ》、彦六《ひころく》、源三郎《げんざぶろう》……お前ら綺麗な具足を着けとるのう」

「は？」

藤吉郎は、権兵衛と呼ばれた男に近づくと、ポンポンとその胴を叩く。

「昔は、親父《おやじ》か祖父《じい》さんのお古か、どこぞから盗んできたボロボロの具足を纏っていたのにのう。正に、野盗そのものの有り様だったのに。それが今じゃ、お前らも足軽組頭じゃ。ええ？　それは誰のお陰じゃ？」

問い掛けられて、藤吉郎の部下たちは互いに顔を見合わす。

「そりゃあ……鼠の旦那のお陰じゃ」

「違う。正確には、オレが出世したお陰じゃ。ええか？　吹田城には更なる出世の為の武功が転がっとるかもしれん。それを確かめもせず逃げるんは阿呆《あほう》じゃ」

「…………」

「想像しろ、想像するんじゃ！　窮地に立たされた明智を、颯爽《さっそう》と現れて救援する木下隊の姿を。まるで軍記物語のようじゃろ！　オレは名を上げるに違いないし、殿からたんまりと褒美も出るに違いないで！」

「けどよう……」

分かっとる、分かっとると藤吉郎は頷き宥める。

「坊主どもに隙がなきゃ、後詰諦めて退却するで！　な！」

「それなら、まあ……」

不承不承頷く部下たちに、藤吉郎は笑みを深くする。

「のう？　さっきは、お前たちが様変わりしたと言うたが、一番様変わりしたんは誰じゃ？　水呑百姓《みずのみびゃくしょう》から、今や織田の主だった将の一人として、雑兵たちの詠で名を挙げられるまでになったんは？　掛かれ柴田に退き佐久間、米五郎左《こめごろうざ》に——」

藤吉郎はわざとそこで区切って待つ。が、誰も続きを言いはしない。

「そこは——『木綿藤吉！』と、お前らが言う所じゃろうが！」

藤吉郎が肩を怒らせると、どっと笑いが起きた。

「十分出世したじゃねえか！　まだ出世したりねえか、鼠の旦那！」

「応とも！　オレはまだまだ出世するで！　のう、更に出世を重ねれば、オレはどのように変わっていくと思う？」

「ん？　そりゃあ……」

藤吉郎の問いに、皆首を捻る。

「分からんか？　国持大名になるで」

「まさか……」

「ありえんと言うか？　今や殿は十ヵ国を治める大大名じゃ。朝倉を討つなり、三好を討つなりすれば、更に増えよる。いずれ、大功ある家臣は、一ヵ国くらい任されるようになるじゃろ」

皆、ごくりと唾を飲む。

「オレが国持大名になったら、直参のお前らはどう変わっていくじゃろな？　家老か？　奉行か？　はたまた郡代か？」

今まで予想だにしなかった未来図に、誰の目にも欲を隠し切れぬ色が宿る。

「さあ、輝かしい未来を摑《つか》み取《と》りに行くで」

「「応！」」

部下らを説得した藤吉郎は、急ぎ部隊を動かすと、吹田城への道を急ぐ。その距離は、

十一、二キロと近い。
普通の行軍でも、丸一日かければ十分踏破できる距離であった。

翌日の正午には、吹田城まで目と鼻の先という地点まで近づくと、藤吉郎は兵らに休息を与える。

そうして、自ら吹田城の状況を確かめんと、数名の兵を引き連れて物見へと向かった。

「まだ吹田城は頑張っとるようじゃな、鼠の旦那」

「うむ……」

藤吉郎たちの視線の先には、吹田城に大挙して攻め寄せる本願寺勢の姿があった。

「で？　どうするんじゃ？　坊主どもに奇襲でもかけるんか？」

「たわけ！　見てみい、坊主どもの本陣を！」

藤吉郎が指差したのは、本願寺勢の本陣。そこには、まだ戦いに参加していない兵らが、かなりの数いる。

「本陣は目算で、三千といった所か。オレの兵は千二百じゃぞ？　敵《かな》うわけなかろうが」

「それじゃあ、後詰諦めてこのまま退却するんか？」

「そうさのう……」

藤吉郎は思案するように己の顎を撫でた。

＊

汗をしたたらせ、中には鮮血をも流しながら動き回る男たち。

皆が皆、声を張り上げながら懸命に戦う。

「食い止めい！　登らせるな！」

「そこじゃ！　突き落とせ！」

「矢じゃ！　矢をくれい！」

「もう尽きたわ！」

「なら石じゃ！　……石もない!?　なら、投げられるもんなら何でもええ！」

「そこよ！　塀を越えた敵がおるぞ！　討ち取れい！　討ち取れい！　足掛かりを築かせるな！」

兵らの怒声が尽きない。

一兵残らず休みなく動き続けているのは、吹田城の守兵たちであった。

「全く！　門徒どもは飽きもせんと！」

「次から次に、千客万来じゃな！」

「なら、客人を石礫《いしつぶて》でもてなすとしようか！」

「何じゃ！　まだ石あったんか!?」

気丈にも軽口を叩き合うが、彼らの顔に疲労の色がこびりついていた。

無理もあるまい。本願寺勢が吹田城に攻め寄せてから、もう五日目の昼であった。

傷つき倒れ、後方に下げられた兵も少なくない。

踏《ふ》み止《とど》まって前線に張り付いている兵らにも、無傷な者はほとんどいなかった。

それでも挫《くじ》けず高い士気を誇るのは、やはり窮地にもかかわらず、全く下がることなく共に戦う指揮官の姿があったからだ。

「明智様！　塀を越えてくる兵も少なくありません！　ここはもう危険です！　どうかお下がりください！」

近習の一人が、悲鳴のような声で光秀に注進する。

「馬鹿を申すな！　謙遜という美徳を欠いた言い草をすれば、まだ持ち堪えておるのは、単に私がここで踏み止まっておるからよ！　下がれば一気に崩れよう！　なれば、前も後ろもあるものか！　早いか遅いかの違いじゃ！　であるなら、今日まで共に戦い抜いた兵らと枕を並べて死にたいというものよ！」

光秀の叫びに兵らは感激する。中には涙ぐむ者もいた。

すると、兵の一人が場にそぐわない明るい声を出す。

「本当によろしいので、明智様!?　明智様がおらずとも、辞世の句をゆっくり考えられるだけの時間なら、持ち堪えてみせますがね！」

その軽口に、光秀は笑う。

「辞世の句か！　魅力的な提案じゃのう！　じゃが、それを人に伝えてくれる者がいそうもない！　それに……！」

光秀は城の外を指差す。

「あの坊主を見ておる方がよっぽど愉快じゃ！」

光秀が指し示したのは、いかにも偉そうにしている年嵩《としかさ》の僧兵であった。

初日から三日目までは見えなかったが、四日目からは本陣より前線に出張り、顔を真っ赤にして怒鳴り散らしては、門徒兵たちを嗾《けしか》けている。

「城が中々落ちないのを見て、業を煮やしたのであろう！　全く！　坊主のくせに、我慢強くないことよ！」

「正に、正に！」

兵らは手を叩いて面白がる。

「誰ぞ、まだ矢を残しておらんか？　あの坊主を射てみたい」

「矢など残っとらんわ！　それに、あそこまで届くはずもなかろう！」

「左様！　左様！　それに万一届いてしまえば拙い事じゃ！　唯一の娯楽がなくなってしまう！」

「それはいかん！　諦めるとしよう！」

再び、笑い声が弾《はじ》ける。

そんな馬鹿にしたような声が聞こえたわけでもあるまいが、その僧兵は何事か怒鳴ると、肩を怒らせながら本陣に戻っていく。

「何じゃ？　引っ込みよるぞ！」

その疑問の答えは、ほどなくして明らかになった。

「あ！　あれを、明智様！　敵の本陣が！」

「動き出しよったな……」

緒戦から全く動きを見せなかった、本願寺勢の本陣が前へ、前へと進み出て、吹田城へと迫り来ていた。

「業を煮やし、ついには堪忍袋の緒が切れたか……。坊主ども、総攻撃に出る積りのようじゃな」

軽口を叩き合っていた兵らにも緊張が走る。ついに来るべき時が来たのを悟った。

光秀は、そんな彼らを見回す。

「諸君！　よくぞこれまで戦ってくれた！　礼を言う！　私はこれより最後の一戦仕る！　諸君らは、私に付き合うも、敵に降《くだ》るも、逃げ出すも好きにしてよい！」

「水臭いこと仰るな！　最後までお付き合い致します！」

「応とも！」

「そうじゃ！」

兵らは口々に光秀と運命を共にすると言う。

「有難いことよ……。ならば、各々刀槍の得物を握れ！　開門し、坊主どもに最後の突撃をかけん！」

「ハッ！」

それぞれ手に持つ石やら、木片やらを投げ捨て、刀槍を手に持つと、持ち場を離れ門の前へと続々と集まっては列をなす。

「開門！　開門！」

光秀の命に、城門が開かれた。

「者ども、気勢を上げよ！　鋭！　鋭……！」

「「応！」」

「鋭！　鋭……！」

「「応！」」

「我に続け！　突撃！」

気勢を上げながら、ダッと城兵たちは門の外へと駆け出す。

最初は何事かと面食らっていた門徒兵らも、その意図を察すると、踏み潰してくれんと総兵力を上げて突撃してくる。

刻一刻と近づく彼我の距離！　あと僅かで激突する！　丁度その時、明後日《あさって》の方向から鬨《とき》の声《こえ》が上がる。

光秀らも、門徒兵らも、何じゃ何じゃと、そちらに視線を向ける。

声が上がったのは、門徒兵らの斜め後方。そこには、蒼穹《そうきゅう》の下はためく黄色地に永楽銭の旗印！　その下には、千人以上もの集団がいる。

「あれを！　明智様、あれを！　お味方です！　お味方の後詰が駆け付けてくれました！」

狂乱したように近習の一人が叫び声を上げる。

光秀は黙って頷くも、内心苦笑いした。

——丁度駆け付けたその時が、偶然にも時を見計らったかのような時節になるものか！

そう思うが、兵らの喜びに水を差したりはしない。

——もしかしなくても、門徒兵らが総攻撃をかけるのをじっと待っておったのだろう。

我らが激しく攻め立てられるのを、悠々と見詰めながら。いやはや、強《した た》かなものだ。

光秀はそう看破するが恨みはない。何故なら、それで正解だからだ。総攻撃の前に行動に出ても、千余名の兵力では弾《はじ》き返《かえ》されたであろうから。

しかし今なら違う。業を煮やし、総攻撃に出た門徒兵らの後方に現れた味方は、無防備な背中を攻撃し放題だ。それに——！

「挟撃じゃ！　味方の後詰に坊主どもは浮き足立っておる！　突撃せよ！　味方と挟撃し、坊主どもを蹴散らせ！」

光秀の命に、天を衝くような声が応えた。

おろおろと浮き足立つ門徒兵に、飛ぶ矢のように真っ直ぐに突き刺さる光秀旗下の将兵たち。少し遅れて、門徒兵らの後方にいる部隊もまた、突撃をかけた。

地を蹴る足音に、剣戟《けんげき》の音、怒声に蛮声、断末魔の叫び。

そう時をおかずして、敵味方入り乱れての乱戦となる。織田方の奮戦ぶりには、凄まじいものがあった。

その一方で、思いがけず苦戦を強いられることになった門徒兵たちの動きは鈍い。

乱戦の最中も、前へ、前へ、只管《ひたすら》前へ、敵を斬り伏せながら進む内に、一層乱戦はぐちゃぐちゃと混迷を極め、光秀は自分たちが今どこにいるのかも分からなくなる。

それでもただ我武者羅に刀槍を振るう。

門徒兵側も、右往左往するばかりでもない。何とか立て直そうと、指揮を執る僧兵らが声を張り上げる。すると――。

「そいつじゃ！　違う、そっちの僧兵じゃ！　そやつの首に十貫じゃ！」

「本当か!?　鼠の旦那！」

「十貫は俺のもんじゃ！」

「いいや！　ワシのもんじゃ！」

「ええぞ！　戦え！　大義がどうのと小難しいことは言わん！　銭じゃ！　褒美じゃ！　出世じゃ！　武功を上げりゃ、いい思いをさせたる！」

そんな声が、風に乗って光秀らの下に届いた。

思わず光秀は笑ってしまう。

が、光秀の近習の一人は気に食わなかったのか、ぼそりと呟く。

「何と卑しいことよ」

「そう言うな」

笑いながら光秀は窘《たしな》める。

「将の務めは、兵らを奮い立たせ、よく戦わせることじゃ。方法はともかくとして、お味方の将もまた、それを実践しておられる」

窘められても、まだぶすっとしている近習は言い返す。

「されど、あのような将よりも、明智様の方がよく兵を戦わせることが出来まする。某らが、それを証明してみせましょう！」

その言葉に頷いた光秀旗下の兵らは、あちらの兵に負けてなるものかと、一層激しい戦いぶりを見せる。

それに満足しながらも、光秀は後詰に現れた部隊の将は誰であろうか？　と目を凝らす。すると、敵兵の向こうに上がる瓢箪の馬印を見て取った。

「ははあ、木下殿か……面白い御仁じゃ」

ほどなくして、挟撃の猛攻に遭う本願寺勢は、これは堪らぬと一旦兵を引き上げること
となる。

我先にと逃げ出す門徒兵を見て、織田方の兵は勝《か》ち鬨《どき》を上げた。

「明智殿！　明智殿！」

そう叫びながら、僅かな供回りと共に駆け寄ってきたのは、木下藤吉郎秀吉であった。

全身を砂埃《すなぼこり》に汚し、顔にもまた土汚れがある。

「よかった！　ご無事であったか！　取るものも取りあえず駆け付けたが、すんでの所で
間におうてよかった！　本当によかった！」

光秀の手を握り、今にも泣き出しそうな風情で藤吉郎は言い募る。

光秀は益々おかしくなった。——はて？　その汚れはいつどこで、ご自分で付けられた
のだろう？　そう思うたが、流石に口にはしない。

「此度の後詰、感謝致しますぞ、木下殿」

「いいや、当然のことじゃ！」

互いに目を合わせる。言葉とは裏腹に、その瞳には相手の器を見極めようという意図が
見え隠れしている。

「……木下殿、本願寺勢は一旦引いたとはいえ、まだまだ健在。ぼやぼやしていては、態勢を立て直して、再び攻勢をかけてくるに違いありません。今の内に退きましょう」

「うむ。そうじゃな。その通りじゃ」

藤吉郎は頷くと、自らの部隊の下へと戻っていく。

「撤退じゃ！　撤退！」

こうして辛くも、明智、木下両部隊は、本願寺勢から逃れて退却を果たす。

兵らを心服させ戦わせる光秀、兵らの欲を煽り戦わせる藤吉郎、全く異なる二人の将ではあるが、両者ともによく兵を戦わせることに違いはない。

この吹田城の戦いで、二人はそれぞれの実力を認め合ったのだった。

＊

――烏丸中御門第《からすまるなかみかどだい》（将軍義昭邸）

幕臣細川藤孝は、各地から届く目まぐるしい情勢をまとめ上げると、主君足利義昭に報告すべく将軍邸に赴き、義昭と面会をしていた。

「上様、本願寺の挙兵は先般一報を入れた通りです。どうやら三好を後詰すべく動いたようでして、佐久間殿の軍勢が危機に瀕《ひん》しましたが、これは明智殿の果敢な行動によって、何とか事なきを得たようです」

「左様か」

藤孝は眦《まなじり》をきつくする。

というのも、彼の視線の先で義昭は、以前信長から献上された清水焼を捧げるように持ち上げては、眺めていたからだ。

とても真剣に聞いているようには見受けられず、事の重大性が分かっているのかと、藤孝は内心憤る。

「されど、危機を一旦脱したとはいえ、三好、本願寺連合の方が、織田弾正忠殿が畿内に残していかれた留守部隊より強力です。……弾正忠殿はこの事実に、断腸の想いで朝倉、浅井討伐を諦め、畿内へと引き返しておられる所です」

「左様か」

「ッ！　上様！」

藤孝は思わず厳しい声を上げるが、それでも義昭は痛痒を感じていないようである。変わらず、しげしげと手の中にある黒焼きを見やる。

「それで？　報告はそれだけか？」

「……本願寺が比叡山《ひえいざん》に使いを送った模様。延暦寺《えんりやくじ》もまた、反織田に靡《なび》きそうです。もしそうなれば、敵は朝倉、浅井に、これに加わった斎藤《さいとう》、六角の残党、それから三好、本願寺、更には延暦寺と、周囲敵だらけとなります。のっぴきならない事態ですぞ！」

「……足らぬよ」

義昭はポツリと呟く。

「はい？　何と仰せられましたか？」

藤孝の問う声に、ようやく義昭は藤孝へと視線を向ける。

「足らぬと言った。……織田弾正忠信長、彼《か》の男は真の英傑よ。初めて会った時から、余はずっとあの男を見てきたが、そのように確信した。朝倉、浅井、三好、本願寺に延暦寺と、その他の小勢？　その程度では足らぬ、足らぬ、全然足らぬわ」

「はあ」

藤孝は生返事を返す。

「まあ、流石に苦戦くらいはするやもしれんが……。ふむ、何の問題があろう？　弾正忠が苦戦するのは、余にとって都合のよいことじゃ」

藤孝はぎょっとする。

思わず左右に目を走らせた後、囁くように言う。

「上様、滅多なことを申されますな」

義昭は、かかっと笑う。

「本当のことではないか？　弾正忠が苦戦すれば、ひょっとすると敵対する勢力のいずれかとの和睦をしようと、征夷大将軍たる余に仲介を頼んでくるやもしれん。貸しを作ることができるではないか」

「それは……仰る通りやもしれませんが」

義昭の大胆な発言に、藤孝は肝を冷やす。落ち着かなげに、言葉を重ねる。

「もしも、もしも一歩踏み間違え、万が一弾正忠殿が破れるようなことがあったら、どうなさる積りか？　大事も大事。そのように悠長に構えられては……」

「弾正忠が敗れる？　それもまたよしじゃ。弾正忠の次に余を担ぎ上げるのが誰になるかは知らんが、弾正忠より与しやすかろうよ」

義昭は何でもないことのように言ってのける。大恩ある信長が敗れても構わないと。藤孝は余りのことに固まった。

「ふむ。一番困るのは、弾正忠が容易く敵を撃破してしまうことか……。やはり足りぬな。足りぬ。確実に苦戦以上をしてもらわねば。そうさなあ。どこぞ、大名を嗾けてみるか」

「上様!?」

密《ひそ》かに信長の苦戦を願うくらいなら、まだ許されよう。

が、更に信長の敵を増やそうというのは、明確な裏切り行為であった。

「上杉《うえすぎ》、は動かぬであろうなあ。毛利《もうり》は今、尼子《あまご》を攻めておるし。なれば、武田《たけだ》であろうか？」

「上様、正気ですか？」

義昭はその問いに答えることなく、すっくと立ち上がる。

両手で持っていた黒焼きを、信長からの献上品であるそれを、宙空で手放した。――ガシャン！　と茶碗は砕ける。藤孝は体を震わした。

「弾正忠は、暫くは戦場を駆けずり回るのに忙しかろう。鬼の居ぬ間じゃ。余も動くとしよう。まずは、武田に密使を送る」

「う、上様……弾正忠殿は、上様の将軍位就任に尽力された恩人ですぞ。そ、それを、真に裏切る、裏切るというのですか？」

義昭は首を傾げる。

「無論、弾正忠には恩義を感じておるよ。じゃが、だからといって、裏切ってはならぬ理由にはなるまい。恩人どころか、親兄弟、主君をも裏切るようなこの世の中で、どうして恩人だからと、遠慮をする必要がある？」

心底不思議そうに口にした。

――こ、このお方は……。

藤孝は、自らが義昭のことを見誤っていたことを悟る。

「おお！　そうじゃ！　鬼の居ぬ間にもう一手打っておこう！　将軍の権威を高めるため、帝に改元を奏請しよう！　ふふ、実は改元は前々からいつか実現させようと考えてお

って な！『詩経《しきょう》』を出典とする、元亀《げんき》はどうじゃ？　改元によって、戦乱を断ち切り、室町幕府による治世が来るようにと願って！　永禄を元亀へと改元する！」

義昭は高らかに宣言する。

永禄の元号は、かつてあった史実と異なり、永禄八年で終わりを告げる。五年も早く元亀へと改元されることとなったのである。

第五章　虎口を脱せよ！

信長《のぶなが》率いる主力四万は、朝倉《あさくら》、浅井《あざい》討伐を断念して畿内《きない》へと帰投する。

信長自身は京の本能寺《ほんのうじ》に入り、善後策を講じようとしていた。

そんなある夜のこと、人目を憚るように本能寺へと向かう人物がいる。――細川藤孝《ほそかわふじたか》だ。彼は、足利義昭《あしかがよしあき》の企みに恐れをなし、それを信長に密告しに来たのであった。

＊

織田《おだ》軍主力が畿内入りしてから五日後のことである。

信長に『至急参上せよ』と命じられた諸将は一堂に会していた。誰もが難しい顔をしたり、不安を隠せない顔をしていたりする。

無理もないことである。状況は悪化の一途を辿っていた。

朝倉の裏切りから始まった争乱は、今や織田をぐるりと囲む敵だらけの戦況となっている。

朝倉、浅井、六角《ろっかく》、斎藤《さいとう》の残党、延暦寺《えんりゃくじ》、本願寺《ほんがんじ》、三好《みよし》と、それらの兵数を単純に足し合わせれば、並ぶ者のいない大大名となった織田が動員可能な兵数に匹敵する。

まだ対処可能であれども、一歩踏み間違えれば織田の栄華は崩れかねない。そんな未来予想図を、諸将がつい思い浮かべても責められることではないだろう。

落ち着かなげに、信長の登場を待つ諸将は皆が押し黙っている。

下手に隅で何事かを囁き合えば、傍から見て謀議をしているかのように勘繰られてしまうかもしれない。

そう、織田を見限り、裏切る積りではないだろうか、と。

そんな心配をしてしまうくらいに、戦況の悪化は諸将の心に深い影を落としていた。

ドタドタドタ！　と、重苦しい沈黙を破る足音が近づいてくる。諸将は、信長が来たことを悟り頭を垂れる。

「殿の御成り！」

そんな先触れの声を追い抜かしかねない速さで現れた信長は、上座に常よりも尚荒々しく座る。

「将軍義昭が謀《たばか》りおった」

開口一番、吐き捨てるように言い放った信長の言葉に、諸将はポカンとする。全く理解が追いつかなかったのだ。

「殿、何と仰せられましたか？」

疑問の声を真っ先に上げたのは、村井貞勝《むらいさだかつ》だ。信長はぎろりと貞勝を睨み付けると、口を開く。

「義昭が謀った、と言った。彼奴め、信玄《しんげん》坊主に信長を討つようにと、密使を送りよったわ！」

「馬鹿な……」

誰ともなく呟く。それを皮切りに、場がどよめく。

「今の戦況で武田《たけだ》まで敵に回れば、我らは破滅よ。避けようもなくな！」

吐き捨てるように言った信長の言葉は、諸将の恐れを増幅させる。

「殿！　かくなる上は、公方《くぼう》様を……！」

思わずといった具合に、ある者がそんな叫びを上げる。が、信長は一顧だにしない。

「義昭めは暫し捨て置く。今排除すれば、多方面に刺激を与えかねん。より敵が増える恐れがある。泳がせるしかあるまい」

ぎりりと、信長は歯嚙みする。

「では……」

すがるような声に、信長は断固とした声で応える。

「武田の参戦を食い止めねばならぬ。何としても、だ」

自明のことであった。武田の参戦が看過できないのであれば、それを阻止すればいい。

しかしこれは、言うは易く行うは難しというものだ。

「確かに殿の言う通りじゃが……」

「どうやって……」

そんな声がそこかしこで漏れる。

信長はそんな諸将を尻目に、独り言のように呟く。

「思えば、此度の窮状は烏《からす》の囀りから始まったこと。なれば、烏めに責任を取らせるのが筋というものであろう。のう、うらなり？」

最後は語りかけるように言った信長。その声と同時に、一人の若者が大広間の中に踏み入ってくる。控え目ながら上等だと分かる着物を身に纏い、やや細身の身体《からだ》つきをした若者だ。

「あっ！」

と声を上げたのは、木下藤吉郎《きのしたとうきちろう》であった。が、諸将の大半は彼が誰かも分からずに、何だこいつは？　という視線を向ける。

それもその筈、彼が、源吉《げんきち》がこのような諸将が揃った公の場に出てきたことなど、一度もなかったのだから。

「うらなり――浅田屋《あさだや》大山《おおやま》源吉よ、精々賢《さか》しらな悪知恵を絞り出すがよい」

一番の下座に、信長と正対するよう座した源吉に、信長が言う。

諸将は悟る。この若者が、音に聞く浅田屋か、と。

彼らの視線を一斉に浴びても、源吉は気にしたそぶりも見せぬ。ばかりか、ただ信長だけを見詰め、不敵な笑みすら浮かべてみせる。

これまで裏方に徹することの多かった源吉が、真の意味で歴史の表舞台に立ったのであった。

＊

ピリリと肌が痛い。浴びせられる視線に焼かれるようだ。

場にずらりと並んだ諸将の視線に、それよりも尚強い、信長のそれ。

はん！　西洋のメデューサやバロールじゃあるまいし、視線で人が殺せるわけでもない。ならば、この程度なんするものぞ！　と心中気炎を吐く。

臆することは許されぬ。緊張や恐れに震え出すなど、あってはならない。

不敵な笑みすら浮かべてみせよう。

己の言の葉に、信憑《しんぴょう》性を持たせるためにも。

そう自らを奮い立たせていると、まず信長が口を開く。

「先だって、織田、徳川《とくがわ》、浅井、朝倉の四家同盟を進言したのは、貴様であったな、うらなり。いや、今の事態が全て貴様のせいだとは言わぬ。ワシ自身納得して、進言を容《い》れたのだから」

そんな前置きを口にしつつも、信長の目は鋭いままだ。

「じゃが、ワシ自身は、既に今の窮状という形で、失態のツケを払っているわけであるし。何より、提案者こそが最も責めを受けるのが道理というものであろう。違うか？」

「違いませぬ」

俺は一つ頷く。

「であるか。……とはいえ、貴様のこれまでの功績は大なるものがある。それに、本願寺挙兵の折、決定的な破綻をも阻止した。故に挽回《ばんかい》の機会をやろう。この窮状を打破する、起死回生の策を出せ。出せぬようなら……」

「出せぬようなら？」

信長は俺に視線を向けたまま、刀持ちに手を伸ばす。刀持ちは、慌てて信長に刀を握らせる。

「ワシ自らの手で、その細首を打ち落とそう。それが、せめてもの情けと知れ」

今や十ヵ国を治める大大名自ら手討ちにするとは、それはそれで名誉なことかもしれないなあ。いや、そんなことより……。

強がりではなく、ふっと自然に笑みを零してしまう。

「懐かしいですね。初めてお目にかかった時のことを思い出します」

「桶狭間《おけはざま》の時か。確かにな。じゃが、此度は脅しではないぞ」

「百も承知にて」

「では聞こう。策は有りや無しや？」

場を支配する重圧が増した。諸将は声を漏らすどころか、身じろぎ一つするのも憚られるとばかりに固まっている。……喉が渇く。だがそれでも！

いざ腹を括り、俺は口を開く。

「まず、改めて確認したく思います。弾正忠《だんじょうのちゅう》様、武田の参戦さえ止められれば、この戦に勝てますか？」

「勝とう」

信長は即答する。流石、迷いすらしない。

それに出まかせでもあるまい。信長なら、確かな勝機が見えているのだろう。

「分かりました。……失礼、今一つ問い掛けを。弾正忠様、武田の兵は何故精強なのでしょう？　お分かりになりますか？」

「色々と精強な理由はあろうが……」

信長は鬱陶しそうに、蠅《はえ》でも払うように手を振る。

「回りくどいのはなしじゃ。貴様ならではの答えをとっとと申せ」

「はい。……武田の精強さの秘訣《ひけつ》、それは山間部故の貧しさにあります」

武田家が治める甲斐《かい》の国は、稲作に不向きな土地が多い。その上、海まで遠いときたものだ。

戦国期は、世界的に見ても小氷河期の時代。

只でさえ、米の収穫量が落ちる。それこそが、そもそも戦の世が現出した理由の一つであろう。

更に稲作に不向きな山間部ともなれば、最早食糧難は頭を抱えたくなるような問題だ。

武田は、甲斐の国の者たちは、この問題に如何な解決策を見出したか？　それは、単純明快な答えであった。そう、外に糧を求めたのだ。

彼らは戦わねばならなかったのだ。生きるために。その貧しさ故のハングリー精神こそが、武田を戦国の世に在って尚、精強と言わしめたのだ。

「武田の精強さの根幹にあるのは、外に糧を求める必要があるということです。米の為に戦をしていると言っても過言ではないでしょう」

信長は暫し宙を見詰め、一つ頷く。

「なるほど、その通りかもしれん。で、それがどうした？」

俺はすーっと息を吸う。意を決して口を開く。

「なれば、戦をする必要性を減じさせれば如何でしょう？　武田と密約を。此度の戦を静観するならば、織田より武田に大量の兵糧米を回すと」

ざわっと大広間が騒めく。

敵に塩を送るならぬ、敵に米を送る、だ。騒めくのも仕方なかろう。

信長は、というと難しい顔をしているな。

「理屈は分かる。が、真にそのように上手く事が運ぶのか？」

信長は半信半疑といった具合で問い掛けてくる。

「武田の立場に立ってお考え下さい。そも、此度の対織田参戦は、武田にとって悩ましい問題でしょう。弱い者苛《いじ》めではないのですよ？　武田が加われば反織田勢力が優勢になるとはいえ、十ヵ国を治める織田は決して楽な相手とは映らぬでしょう。それに、甲斐から京までの距離も離れすぎています。中々、参戦とは踏ん切りがつかぬでしょう」

信長は思案するように顎髭《あごひげ》を撫でる。

「無論、それでも現状のまま何もしなければ、天秤《てんびん》は参戦に傾く公算が大きい。なれば、参戦しない方に天秤が傾くような、そんな重りを皿に載せればよろしいでしょう」

「……その重りが米か」

「はい。弾正忠様、更に密約を申し出る際に、このように提案なさいませ。わざわざ畿内まで出向かずとも、もっと喰らいやすい獲物が、すぐ横にいるではないか。そちらに存分に噛《か》みつかれればよろしかろう、と」

信長はにやりと笑む。

「すぐ横の喰らいやすい獲物……今川《いまがわ》じゃな？」

「ええ。死に体の今川の方が、武田にとって労せず倒せる格好の獲物です。どうして、それを捨て置いてまで、織田という傷ついた狼《おおかみ》に挑みましょうか？　死に体の牛の方こそ、甲斐の虎には魅力的に映るでしょう。ましてや、弱い者苛めに励めば、織田から土産まで届くというのです。否やがありましょうや？」

信長は二度、三度頷く。

「なるほどの！　話は分かった。が！　問題は、武田が迷いなく頷くだけの米を、どのように調達するかじゃ。これがなければ、絵に描いた餅に過ぎんぞ」

そう、それこそが問題だ。

中途半端な量の米を提示して、武田に袖にされたのでは堪らない。

問答無用で頷かせるだけの米を、密約の場で提示したい。この密約の締結にしくじれば、織田は破滅の一途を辿りかねないのだから。

「言っておくが、織田にそれだけの余裕はないぞ。四方敵だらけ、米はいくらあっても足りぬ状況じゃ」

「承知しております。織田領内の大商人らの協力を得て、多大な銭を。それを以て、方々から掻き集めるしかありますまい。幸い、堺《さかい》の協力があれば、織田領内のみならず西国からも米を仕入れることは能うでしょう。そう、銭さえあれば」

銭さえあれば、付け足した言葉に、またも信長の顔が歪む。

「……出すか、商人どもが。いい加減、ワシは連中から、やれ矢銭だ、何だのと、多大な援助を引き出し続けておる。更に出ようか？ 貴様らの懐から引き出すにも限度があろう。また、忌々しいことに傍目から見て、織田は明らかな苦境じゃ。そんな状況で、莫大な米を購入すること能うだけの銭を供出させられるか？ 甚だ疑問じゃ」

さて、どうだろう？ 正直、ただ出せと言っただけでは、難しいかもしれない。

ならば、彼らを説得する材料がいる。

無論、それは既に手中にあった。でなければ、このような話はしない。

「硝子細工を使う許可を下さい」

ピクリと、信長の眉が動く。

「……貴様が先日完成させ、今は滝川《たきがわ》に命じて試験運用させておるアレか」

「はい」

「もう実用できる段階まで至ったのか？」

「いえ、まだそこまでは。ですが、商人たちにその『可能性』を実感させるには十分でしょう。説得すべき大商人たちに、実験への立ち会いをお許し下さい。それを以て、手前が必ずや説得してみせまする」

「であるか。よかろう」

「有難く」

俺は深々と頭を垂れる。

俺と信長の一連の遣り取りに付いてこられない諸将らの顔には、これでもかというくらい疑問符が張り付いている。

信長は彼らを見やり、口を開く。

「貴様らは、商人どもがせっせと銭を、米を回すかどうかを見て、策の成否を知るがよい」

投げやりにも程がある。説明が面倒なのだろう。よく分かる。

「手前はこれにて御前を失礼しても？」

村井貞勝辺りに、直接問い掛けられる前にと、俺は撤退を試みる。

「構わん。ああ、最後に何か言い足すことはあるか？」

信長は片手に握り続けていた刀を、刀持ちに返しながら問うてくる。

「そうですね。では、徳川様にも、武田と同時に今川領に攻め入るよう勧めてみては如何でしょう？　朝倉に浅井と裏切られ、徳川にまで裏切られては堪りません。そうならぬよう、徳川にも美味《おい》しい目を見せるべきでしょう。それに、今川領を丸々武田が併呑《へいどん》するのも頂けませんし」

そう、いずれ敵に回るであろう武田を、無暗《むやみ》に肥え太らせたくもない。

ならば、徳川に頑張ってもらって、今川領の切り取り競争でもしてもらうとしよう。

「左様か。相分かった。下がれ、うらなり」

俺は最後にもう一度だけ頭を垂れると、部屋を後にした。――『殿！　今の話はどういう意味ですか⁉』という騒めきを、努めて無視しながら。

ふん、信長め、精々説明に苦慮するといい。

修羅場か鉄火場か、兎に角緊迫する場を何とか切り抜けた俺は、胸を撫で下ろしながら、そんなことを心中呟いたのだった。

＊

よく晴れた日であった。晴れでなければ、延期されることとなっていたので、晴れであるのは当たり前でもあるのだが。

尾張国《おわりのくに》内の某所であった。その場に、尾張商人である山城屋《やましろや》、神田屋《かんだや》、遠江屋《とおとうみや》に、美濃《みの》商人の長良屋《ながらや》と、堺商人からも一人、津田宗及《つだそうぎゅう》が来ている。

これから行われる実験において、共謀してイカサマが行われないようにと、わざとバラバラの立場の者たちが集められていた。

彼らのそれぞれが、自身と、この場にいない面子が認めた封書をそれぞれ何通か携えてきている。

ここにいない面子、尾張商人の芦屋《あしや》、大黒屋《だいこくや》、小津屋《おづや》、それから浅田屋と、他の堺商人たちも、ここにあるのと同一の封書を携えて、別所に集まっている筈であった。

「定刻ですな、山城屋さん」

神田屋の言葉を切っ掛けに、それぞれが保管していた封書を、事前に決められていた通り山城屋に手渡していく。

受け取った山城屋は、全ての封書に破かれた形跡がないか、丹念に確認する。……問題がなかったようで、山城屋は一つ頷いた。

「では、開封します」

山城屋はそのように口にする。

その表情には幾ばくかの緊張と、それ以上に狐《きつね》に化かされている最中であるような、どこか釈然としない色があった。

――本当に、浅田屋さんの言うようなことが可能なのだろうか？

そんなことを内心思いながら、山城屋は、今回の実験の一週間前に行われた説明会を思い起こした。

＊

「……こう言っては何だが、浅田屋さん。流石に今回ばかりは、貴方《あなた》の言うことを鵜呑《うの》みにはできませんよ」

そう言ったのは、山城屋その人であった。

尤も、源吉の開いた説明会に出席した、他の織田の御用商人らもまた、口にしないだけで同様に思っていたのだが。

「でしょうね。無理もありません。ですので、実験を行おうというのです」

源吉は落ち着いた声音で言った。そうして、白紙の紙と封筒をその場にいる面々に回していく。

「どうか皆様、その紙に米俵の数と、その価格を出鱈目《でたらめ》に書いて下さい。同様の内容を二通作成して下さい。……ああ、くれぐれも他の方に見せないように」

御用商人らは互いに顔を見合わせながらも、言われた通りに白紙に出鱈目な内容を認めていく。

「書き終わりましたね？　では、それらを封じて下さい。ええ。そうして、それらの一通はご自身で保管して、もう一通は、堺組と尾張組で交換して下さい」

皆頷き、源吉に言われた通りにしていく。

実験の準備が整った形となった。

「では皆様、説明通り一週間後の正午に、実験を行います。――約束しましょう。皆様の度肝を抜くことを」

源吉は不敵な笑みを浮かべたのだった。

＊

「山城屋さん」

呼び掛けに固まっていた山城屋は苦笑する。

「いえ、どうも緊張してしまいまして。では……」

山城屋は片っ端から開封していくと、それらの中身にサッと目を通す。不備がないか、念のため確認する為であったが……山城屋は苦笑を深めることになった。

──神田屋、米二俵、二千三百貫？　俵の中に黄金でも仕込んだのだろうか？

山城屋は軽く首を振って次の封書に目を通す。

──こちらは、芦屋さんか。何々、芦屋、米十四俵、二百五十七貫……また細かい価格を書き込んだものだ。そしてやはり、価格がおかしい。

それから開かれる封書も、揃いも揃って捻くれた内容が認められている。偶然にも当たってしまわない為であろう。

山城屋はそれを理解するも、誰も彼も素直な御仁ではないなあ、などと思う。かくいう山城屋も、それは捻くれた内容を書き込んだのだが。

不備がないのを確認した山城屋は、黙って待っている男――織田家中の滝川一益《たきがわかずます》の配下であるという男に書面を全て手渡す。

無言で受け取った男を、山城屋は武士らしくない男だと思った。ひょっとすると、乱破《らっぱ》であるのかもしれない。

書面を受け取った男は、素早く櫓《やぐら》の上へと上がっていく。そうして、もう一人櫓の上に居る男に、何やら指示を飛ばす。

指示を受けた男は、蒼穹の下、何やら不規則な動きで旗を振り始めた。

山城屋たちは、櫓の下からその様を仰ぎ見る。そうしてやはり思うのだ。――こんなことで、本当に？　と純粋な疑問を。

＊

ここは堺の近郊である。俺は、他の御用商人らと共にあった。

見上げた櫓の上には、両手で持った長筒を覗き込む男と、その男が受信した内容を紙に書き留める男の二人がいる。

やがて全て書き終えたのか、片方の男が櫓を降りてくる。

俺はその男から、認められたばかりの紙を受け取る。

そんな俺に、この場にいる皆が、痛いくらいの視線を向けてくる。彼らに向き直り口を開く。

「では、答え合わせと行きましょうか。皆様、封書を開封下さい」

皆が開封するのを待ってから、俺は今受け取った内容を読み上げていく。

「神田屋、米二俵、二千三百貫」

「おお！　当たっておる！」

神田屋と封書を交換してきていた大黒屋が声を上げた。

それからも俺が読み上げる度に、驚きの声が上がる。

「……芦屋、米十四俵、二百五十八貫」

「む。ちと違いますな。二百五十七貫です」

今井宗久《いまいそうきゅう》の言葉に、俺は片眉を持ち上げる。

「……まだ実用段階まで至っておりませんからね。多少の錯誤も出るでしょう」

「なるほど」

宗久は頷く。

それからも、俺は最後まで書面を読み上げていった。

「さて、これで終いです。些か、錯誤もあったようですが。どうでしょう、皆様？　おおむね正しい情報を受信できたかと思うのですが」

そんな問い掛けに、商人たちは熱の籠った眼差しで応える。

「まるで狐に化かされた気分だ」

一人はそんな言葉を吐いた。

無理もない。何せ、尾張組が正午に発信した報せを、僅か一刻半（※約四十五分）ばかりの内に伝達してみせたのだから。

この時代を生きる人にとっては、正に魔法のようであったろう。

俺が笑みを浮かべていると、櫓の上に残っていた男も下に降りてきた。その手に長筒――望遠鏡を握りながら。

そう、魔法の正体とは、望遠鏡を用いた旗振り通信である。

旗振り通信とは、江戸時代に商人たちが、米相場をいち早く知るために用いた通信手段のことである。

この通信方法では、いくつもの旗振り中継基地を通して、旗と望遠鏡で信号を遣り取りする。望遠鏡で発信者側の旗振りを見て、それを次の中継基地にも旗を振って知らせるのだ。こうして、まるで伝言ゲームのように最終受信者の下へと伝達するわけだ。

通信士の練度が未熟なので、今回の実験では一刻半『もの』時を要してしまった。が、それでも戦国の世では、通信革命とでも言うべき伝達速度である。

ちなみに、江戸時代の熟練した者たちなら、その通信速度は、時速七百キロを優に超え、大坂《おおさか》―京都間を四分、大坂―岡山間を十五分、大坂―広島間を二十七分で伝達したという。

それまでの飛脚のような、人が文を運ぶのとは次元が違う。これを革命と言わず、何を革命と言おう。

「大山《おおやま》、その筒を覗いてもよいか？」

問うてきたのは、千宗易《せんのそうえき》だ。

「勿論」

俺は通信士に、望遠鏡を宗易に渡すよう促す。

望遠鏡を受け取った宗易は、すぐさま覗き込んだ。

「むう。これは……」

宗易はそんな呟きを漏らす。

今宗易が手にしている望遠鏡は、於藤《おふじ》の監督の下、多大な銭と時間を要して、硝子職人に作らせたもの。いわゆる、ガリレオ式望遠鏡である。

ガリレオ式望遠鏡とは、西洋において一六〇〇年前後に発明され、日本に伝来したのは一六一三年、晩年の徳川家康《とくがわいえやす》に献上されたのが初めである。

つまり、まだ日の本には存在しない筈の代物である。

その原理は単純なもので、凸レンズと凹レンズの組み合わせで製作できる。

ちなみに、レンズの歴史は実は相当古い。

例えば、凸レンズは火とりレンズとして、紀元前三世紀には世界各地で使われていたりする。

なので、凸レンズと凹レンズを作れと、硝子職人に言えば、それ自体は容易なことなのである。

ただ、それらを組み合わせれば、望遠鏡になるという発想が出てこないだけのことで。

尤も、凸レンズと凹レンズを組み合わせればいいことを知っていても、丁度望遠鏡として満足のいく出来になる塩梅に関しては、不確かであるので、それを探るのに、銭と時間を要してしまったわけであるが。

トライ&エラーの繰り返しだ。粗悪な望遠鏡もどきばかり出来上がっては、破棄しての連続。さぞや於藤は気を揉《も》んだことであろう。今度改めて労《いたわ》ってやらないと。

「宗易さん、私にも覗かせて下さい」

今井宗久は、そう言って宗易から望遠鏡を受け取るや、覗き見る。やはり、驚きの声を上げた。

それから順々に、商人らが望遠鏡を覗いては驚きを示す。

全員が覗き終わるのを待ってから、俺は一同に声を掛ける。

「さて、皆様。存分に堪能《たんのう》されたことでしょう。如何です、この旗振り通信は？　今はまだ試験用に敷かれた仮設の連絡線が一本きり。しかし、これより順次、織田領内に張り巡らされていくことでしょう。そして、織田領が拡がると共に、通信網も拡がりを見せる」

その様を想像しているのか、商人らは各々目を瞑ったり、宙を見上げたりしている。

「織田様は、この通信網から得られる恩恵を、織田様ご自身と、織田様が特別に許した者にのみ与えられるお積りです。分かりますね？　その意味する所が。この通信網の恩恵に与《あずか》る者は、常に情報戦において覇者たりうることを」

商人らは、ごくりと生唾を飲み込む。この場にいる者の中で、情報戦を制することが、商いの上でどれほどのアドバンテージを得られるのかを分からぬ者などいない。

「最早迂遠な物言いはしません。直截に言いましょう。銭を出して下さい。更に米を掻き集める助力も願いたい。織田様と、我らの輝かしい未来の為に」

俺はそう言って、商人らの顔を順繰り見回す。

当たり前のことではあるが、頷かない者は、一人もいやしなかった。

＊

俺は報告の為に京へと足を運んだ。その場所はどこであろう、あの本能寺である！　ここが、明智《あけち》君が年甲斐もなく火遊びを楽しんだ現場なのか。

そう思うと、何とも感慨深いものだ。

というか、戦国時代は寺が燃えすぎである。戦国期のトレンドであったのだろうか？

信長は信長で、延暦寺を燃やしたし、その延暦寺も、天文法華《てんぶんほっけ》の乱《らん》では、宗教問答で延暦寺の高僧が、日蓮宗《にちれんしゅう》の一般信徒（坊主ですらない）に言い負かされて、その腹いせに、京都中の日蓮宗の寺を焼いて回ったし。

後は、忘れてはならないのが、我らが松永《まつなが》ボンバーマン久秀《ひさひで》である。

彼《か》が仕出かしたのは、彼の有名な東大寺《とうだいじ》大仏殿の焼き討ちである。

本人はわざとではない、失火であると供述したらしいが。その言い分が正しかったとしても、東大寺を焼く直前に、敵の陣地にされては堪らぬと、十もの寺を積極的に焼き払ったので、立派な寺院放火魔の権威である。

などと、馬鹿げたことを思いながら、信長の下に向かう。

果たして、信長の小姓に通された先には、信長と光秀《みつひで》が二人で何やら地図を覗き込んでいた。

本能寺に光秀……心臓に悪い。

二人は俺が来たことに気付いて顔を上げる。

「来たか、うらなり。聞いたぞ、商人らを見事説得してみせたようじゃな」

「はい」

「で？　武田を説得すること能うだけの米は集まりそうか？」

俺は笑みを浮かべる。

「硝子細工は、よっぽど彼らの刺激になったようです。金に糸目をつけず、米を買《か》い漁《あさ》っているようですよ。名だたる大商人らが本気になっているのです。ほどなく、見上げるような米俵の山を築き上げることでしょう」

「であるか！　ようやった、うらなり！」

「首がかかっております故」

トントンと、自分の首を叩いてみせる。

「ふん。本気にするな。貴様なんぞの首を獲っても、何の得にもならんわ」

信長は鼻を鳴らしながら言う。

「そうでしょうとも」

俺は頷いてみせた。

つまり信長のあの発言は、不安がる織田家中の諸将へのパフォーマンスであったのだ。

起死回生の策がなければ打ち首にする、とまで苛烈な発言をした上で、俺の出した策に納得してみせる。

俺の進言が、今回の窮状を招いた失点を挽回して余りあるものであると、諸将らに分かりやすく示したわけだ。

策がイマイチ理解できずとも、怒り心頭の信長が納得したのなら、それは上策であるのだろう、と諸将に思わせる為に。

ったく！　そうかもしれぬとは思っていたが、それならそれで事前に伝えて欲しいもの。

確信まではしていなかったから、結構精神的にきつかったんだぞ。

「それで、うらなり。貴様は米集めに奔走せんのか？」

信長の問い掛けに、俺は頷く。

「そうですね。それは、他の商人らにお任せしようかと」

「なら、貴様はこれから何をする積りじゃ？　まさか、武田への使者と同行したいとでもほざくか？」

「ご遠慮申し上げます。甲斐ではなく、北近江《きたおうみ》へと向かおうかと」

「北近江？　敵地に飛び込むと？」

信長は眉を顰める。

北近江、浅井家《あざいけ》の所領だ。かつては同盟国の領する地であったが、先代当主久政《ひさまさ》が信長を裏切ってからは、敵地ということになる。が……。

「北近江にいるのは、何も敵ばかりと限りませんよ」

信長は片眉を上げる。

「それに……」

俺は、信長と光秀が覗き込んでいた地図をちらっと見る。

「きっと、弾正忠様の……いいえ、明智様のお手伝いも出来るかと」

俺の発言に、信長は地図と光秀の顔と俺の顔を順繰りに見る。

「相変わらず敏い奴じゃ。……金柑！　うらなりが貴様を手伝ってくれるそうじゃぞ」

「大山が手伝ってくれるのなら、百人力ですな」

光秀は頷く。

「ならば、能うか？」

信長は声音をガラリと真剣なものに変えると、光秀に問うた。

光秀も表情を引き締める。

「必ずや、身命を賭してでも成功させましょう」

「……うむ。ならばよい。金柑、うらなり、折角じゃ。二人で段取りでも話し合っておけ」

「「ハッ！」」

そう答え、俺は光秀と二人信長の前を辞す。

光秀と会話をしながら、本能寺の中を歩く。

「大山、これからの作戦は綱渡りな部分が多い。じゃが、必ずや渡り切らねばならぬ。殿の、我らの夢の為に」

「ええ」

俺は頷く。そうだ、こんな所で夢を潰えさせるわけにはいかない。

「お主に期待してよいな？」

「勿論。お任せ下さい」

「……しくじってくれるなよ」

「明智様こそ」

そう不敵に返す。光秀は微かに笑った。

「下らんことを言った。許せ。……まずは、武田との交渉か。これも祈らずともよいな？」

「武田を説得するだけの材料を用意したのです。なれば、後は交渉役の手腕次第。……交渉役は村井様でしょう？　彼《か》の御仁がしくじるとも思えません」

「確かに」

互いに頷き合う。

「では、その後のことを話すとしよう」

俺たちは、武田の説得は成功するものとして、その後の動きを相談した。

後日の話ではあるが、二人の予測通り、村井貞勝は、見事武田を説き伏せることに成功することとなる。

終に、武田軍がこの戦役において、信長包囲網に加わることはなかった。

第六章　第六天魔王《だいろくてんまおう》

村井貞勝《むらいさだかつ》、武田《たけだ》との密約締結を成功させる！

諸将との軍議の場で、その第一報を受けた信長《のぶなが》は、『勝った』と一言呟いた。

その様を目の当たりにした諸将らは、過日の不安な想いを払拭し、顔を興奮に赤らめる。それまで織田《おだ》の頭上に立ち込めた暗雲が払われ、光明が差したかのような心地であった。

信長はそんな諸将らの顔を見回し、檄を飛ばす。

「甲斐《かい》の虎は、まんまとこちらが用意した餌に喰いついた！　これで障害は取り除かれたわけじゃ！　いざ、我らを囲む烏合《うごう》の衆を根切りにせん！　諸将の才幹に期待する！　後は貴様らの手で勝利を決定付けよ！」

「「応！」」

かくして、信長は軍勢を再編する。

自らは本軍三万を率い浅井《あざい》、朝倉《あさくら》らの討伐に向かう。

この兵数は、先日四万を率いた時に比べ少ない。

それというのも、三好《みよし》、本願寺《ほんがんじ》双方に備えるため、より多くの兵を畿内《きない》に割かざるを得なかったからだ。

畿内の抑えとして、佐久間《さくま》信盛《のぶもり》に二万。また、再び京の守護と、更なる敵が現れないよう目を光らせる為に、光秀《みつひで》に九千の兵を預けた。

信長の本軍三万に対し、浅井、朝倉、それに斎藤《さいとう》、六角《ろっかく》の残党を糾合した軍勢は、二万の後半、三万には届かぬであろう、という兵数であった。

信長側の方が若干兵数は多いが、決定的な兵数差とは言い難く、また地の利も向こうにある為、必ずしも楽な戦とは言えない。

勝敗は、未だ霧の向こう側にあるかのように思われた。

それでも信長は、自信を面に出していた。

真実勝利を確信したものか、はたまた虚勢であったのか、それは余人には窺い知れぬこと。

それでも織田将兵は、ただ信長を信じた。

兵卒にとっては、勝てる将こそがよき将だ。

桶狭間《おけはざま》以来、常に勝者としてここまで来た英傑に、兵らは信仰に近い想いを抱いていたのだ。

対する浅井、朝倉らの連合軍もまた、京へ向けて南下すべく進軍していた。

三好に加え、本願寺が挙兵したこと、更には将軍義昭《よしあき》の密使から、武田参戦との鬼札を知らされていた彼らは、正に織田を滅ぼす千載一遇の機会と信じたのだ。

琵琶《びわ》湖《こ》西岸を南下し、織田方が守る宇佐山城《うさやまじょう》まで進出した彼らは、意気軒高のまま攻め立て、あと少しで落城せしめる。

その段まで至ったのだが、しかし彼らの予想に反して、信長自らが大軍を率いて、連合軍の下に向かってきているとの報を受けた。

信長側の窮状を思えば、自軍に優越する敵軍など派遣しえぬと高を括っていた連合軍は、慌てて宇佐山城の包囲を解き、北の坂本《さかもと》まで退いた。

そこで一旦留まり陣を敷く。ここで留まったのは、坂本が比叡山《ひえいざん》からほど近い場所であったこともある。

もしも織田の大軍と合戦と相成った時に、延暦寺《えんりゃくじ》の援助も期待してのことであった。

本願寺の要請を受けて、反織田に傾きつつあった彼らなら、僧兵を派遣してくれるかもしれなかったので。

兎に角、坂本に陣を敷いた連合軍、その首脳部は、ここに留まったまま織田軍と相対するか、あるいは、完全に退却すべきか頭を悩ますことになる。

＊

「想定が狂った以上、退却すべきと信ずるが、如何？」

「いや、刃を交えることなく、退くことなどできようか！」

「そうじゃ！　それに三好に本願寺、更には武田が、じきに信長めの後背を脅かすであろう！　彼奴等の命運はそこでお終《しま》いじゃ！」

「三好、本願寺はともかく、武田が来る保証がどこにある!?」

喧々囂々《けんけんごうごう》、軍議は紛糾していた。

こんな筈ではなかった、と朝倉義景《あさくらよしかげ》は顔を顰める。

始めは意気揚々と出陣したのに、今や連合軍首脳部はこの有り様であった。

味方に優越する軍勢を、信長が直卒して向かってきている。

そんな予想外の事態に、連合軍――いや、直截に言えば、寄せ集めの烏合の衆である弱みが如実に出た。

そう、意思統一がままならぬのだ。

義景は、唾を飛ばしながら議論する、斎藤龍興《さいとうたつおき》や六角義治《ろっかくよしはる》らに白々とした目を向ける。

――敗残の分際で、よくもまあ。

口にこそ出さないが、義景は内心そのように毒突く。退くか、戦うか、意見は真っ二つに割れていた。どちらに決まるにしろ、足並みの乱れは覚悟せねばならない。

そんな悪い予想に、義景は益々顔を顰める。

——足並みが乱れたままの決戦なぞ、御免蒙《こうむ》る。ワシも撤退論を推すべきか？

そう考えた義景が口を開こうとした丁度その時、何やら陣内のそこかしこで声が上がった。

何じゃ？　と不審に思いながら、義景は開こうとした口を閉ざす。

「これは何の騒ぎじゃ！」

そう声を張り上げたのは、浅井久政《あざいひさまさ》だ。

ほどなくして、その疑問の答えが持ち込まれる。

「報告します！　織田の若武者と思われる者が一騎、離れた場所からどうも言葉争いを仕掛けているようで」

「何じゃと？」

報告を聞いた義景たちは、実際に自分の目で確かめようと、陣外に出る。

果たして、確かに報告の通り離れた場所にポツンとある一騎が、何やら甲高い声を張り上げている。その声から、若武者と判じたわけだ。

義景らからはそこまで分からぬが、その若武者は、若いというより幼いと言っても差し支えのない少年であった。

端整な顔立ちをした、まだ十三歳の少年で、先日信長の小姓、側近に取り立てられたばかりの、堀久太郎《ほりきゆうたろう》といった。

紅顔の美少年――久太郎は、まだ声変わりしていない甲高い声で言い募る。

「臆病風に吹かれる勿れ！　いざ、日時を示し合わせて決戦しようではないか！　先程からそう言っておるのに、何故黙っているのか！　そんなにも弾正忠《だんじようのちゆう》様が恐ろしいか！　戦う勇気がないのであれば、疾《と》く弾正忠様に頭を垂れて許しを請うか、そうでなければ、所領で亀のように引っ込んでおればよかろう！」

安い挑発だ、義景はそう思う。同時に訝しんだ。あの信長にしては、何ともお粗末なことをするではないか、と。

どうもそう思ったのは、義景だけではないようで、他の者も釈然としない顔付きをしている。

「もしや、信長は焦っておるのではないか？」

浅井久政が呟く。

「というと？」

義景が問い掛ける。

「無論、後背を脅かす敵がおるからよ。故に焦っておる。そこで、あの挑発よ。我らが激昂《げきこう》して攻めかかれば、これを短期決戦で破り、すぐさま畿内へとんぼ返りする。また、あの挑発に、信長が優勢であると我らが怯《おび》え退却するようなら……。それこそ、織田の思う壺《つぼ》。我らを見送った後に、畿内に返す刀で、三好、本願寺を討つ。そう考えておるのでは？」

「なるほど……」

義景は頷く。

「では、我らが採るべき選択は？」

「知れたこと。逸って攻めかかるでもなく、退却するでもなく、ここにどしっと陣を構えて、信長がやってくるのを待ち構えるのよ。そうして、持久戦に持ち込む。さすれば、ほどなく三好、本願寺が畿内を荒らし回ろう。そこに武田が加われば……」

久政は一旦言葉を切る。義景らは生唾を飲み込んだ。

「……織田の破滅よ。信長めは、無様に転げ落ちるわ」

「おお！」

「なるほど！」

何人かが同意を示す。義景もまた頷いた。

「正にその通りじゃ！　ここに陣を張り、それから比叡山に使者を！　僧兵を派遣してもらい、織田との兵数差を埋めましょう。それで以て持久戦に臨む！　よろしいか、諸兄!?」

「「応！」」

義景の呼び掛けに気勢が上がった。

かくして、連合軍は坂本にて陣を敷き、徹底抗戦の姿勢を固めたのである。

＊

――元亀《げんき》元年八月十一日　早朝　坂本口

久太郎が言葉争いを仕掛けてから、三日後のこと。ここ坂本でついに、信長率いる織田軍と、浅井、朝倉を中心とする連合軍が相対することとなった。

信長の軍勢は、変わらず三万余。

対する連合軍側には、延暦寺の僧兵の姿がある。連合軍の要請を、延暦寺は快諾したのだ。

これにより、当初の兵数差は詰まり、今ではほぼ織田軍と同数の威容を誇っている。

両軍合わせて六万近い人間が集まる様は圧巻であり、誰もが戦の前のこの静けさの中で、張り詰めた心境の中にいた。

これほどの規模での会戦、戦国の世でも頻繁にお目にかかれるものでもない。

凄まじい激戦になるに違いなかったし、一日、二日で決着が付くようにも思われない。

連合軍の企図通り、長期戦になりかねなかった。事実、信長の意に反する長期戦に。

「殿……」

押し黙り真っ直ぐ連合軍の陣容を睨み付ける信長に、側近の一人が声を掛ける。

信長はこくりと頷いた。

「権六《ごんろく》、三左《さんざ》に伝令を。戦端を開け、と」

「ハッ！」

信長のその命を待っていたとばかりに、母衣《ほろ》を背負う騎馬武者が駆け出す。

ほどなくして、信長の命は、最前線の両将、柴田勝家《しばたかついえ》と森可成《もりよしなり》に伝わる。

まず動いたのは、勝家であった。

勝家寄騎の将が、鉄砲衆と共に進む。

「進めい！」

ガシャガシャと具足を鳴らしながら、鉄砲衆は火縄銃を両手に駆ける。

「止まれい！」

有効射程まで距離を詰めると、騎馬武者は止まるよう指示する。直後、足を止めた鉄砲衆は、その場で腰を下ろし射撃体勢を取る。

「撃て！」

パン、パン、パン！　と火縄銃が火を噴く。連合軍前衛部隊にいくらかの被害を出した。

対して連合軍は、小勢で突出してきた織田の鉄砲衆に対して、有効な反撃が出来なかった。

織田の攻勢を待ち構えていた弓兵たちは、少数の敵相手に一斉射撃をしてよいのか躊躇《ためら》ったからである。

連合軍側の鉄砲衆の何人かが、散発的に撃ち返したが、効果は皆無に近かった。

この事実に、鉄砲衆を率いる騎馬武者は高笑いした。

「ハッハハハ！　よし！　退けい！」

鉄砲衆は身を翻し、全力で退却していく。正に撃ち逃げであった。

敵の虚を衝いた、真正面からの奇襲と言えるだろう。大胆な采配である。

大局的に見れば、連合軍に与えた損害は軽微だ。

しかし、してやったりと、織田将兵は気をよくする。なれば、自然と将兵の士気も高まるというものだ。

退却する鉄砲衆に入れ換わるように、足軽雑兵が進み出る。――『ええぞ！』『ようやった！』などと、鉄砲衆を労《ねぎら》う足軽雑兵たちは、今度は俺たちの番だと奮い立つ。そうして、勝家その人の大音声が戦場に響く。

「掛かれ！　すわ掛かれ！」

その声に、足軽雑兵は蛮声で以て応える。天を衝くような雄叫びが上がった。

これぞ『掛かれ柴田』の真骨頂！　古強者の大音声は、兵らを奮い立たせてやまない。

吶喊する兵らは、ある者は木の盾や、竹束を掲げ、またある者は恐れ知らずにも、槍だけを握り締め矢の雨の中を進み行く。――『掛かれ、掛かれ、すわ掛かれ！』、彼らの将が発する檄が、その背を押していく。

戦友が倒れ行くのを横目に、前へ、前へ、只管前へ。

ついには、敵の前衛が目と鼻の先の距離まで迫り行く。

この段になって、連合軍側の足軽雑兵らも槍を構えて吶喊した。そして！　両者は真正面からぶつかった！

打ち鳴らされるは、具足や剣戟の金属音。上がる声は、蛮声に断末魔の悲鳴。悲惨な戦場音楽が奏でられる。

まるで櫛の歯が欠けるように、一人、また一人と、敵味方問わず兵卒らが倒れ行く。それでも次から次に、穴を埋めるように新たな雑兵が躍り出る。

戦闘の終わりはまるで見えてくる気配がない。それでも、兵らは進み行く。全ては勝利の為に。

「掛かれ、すわ掛かれ！」

尚も響く大音声。突き動かされる柴田隊の勢い凄まじく、いくらか連合軍側の前衛を押し出していく。だが、それでも押し切れない。

その事実に、勝家は苦い表情を浮かべた。

「ぬう……」

口惜《くや》し気な唸り声を上げると、勝家は僚友が率いる部隊の方に視線を向ける。

「攻めの三左も押し切れぬか……」

その言葉通り、次鋒《じほう》となった森隊もまた、攻めあぐねている様子であった。

「柴田様……」

勝家の近習《きんじゅ》が案じるような声を出す。

「案ずるな。殿を信じよ。殿が突撃せよ、と命じられるなら、我ら武辺者《ぶへんしゃ》は愚直に突撃すればいいのだ。殿が、必ずや戦況を変える一手を打って下さるじゃろう」

そう言うと、勝家はすーっと大きく息を吸い込む。

「掛かれ！ すわ掛かれ！」

再び戦場に響く大音声を上げた。


早朝から始まった戦闘は、正午を回り、それから四刻（※約二時間）ばかり過ぎても、未だ休むことなく続いている。

信長の本陣に詰めている者たちは、焦りを隠し切れないでいた。

というのも、戦況が完全に膠着状態に陥ったからだ。

負けているわけではない。しかし、勝ってもいない。

連合軍側が予想した通り、織田側にしてみれば長期戦は避けたい、いや、避けねばならないものであった。

武田の参戦を阻止したとはいえ、長く畿内を空けるのは、不安要素が多い。長らく、この戦線に張り付けられていては、また畿内で思わぬ事態が勃発するかもしれぬ。

畿内に十分な兵を残してきたとはいえ、前回起きた予想外の出来事——本願寺挙兵の衝撃は、まだ記憶に新しいものであった。

「殿……」

信長の側近の一人が声を上げる。だが、反応はない。

「殿！　某《なにがし》かの手を打たねば！　このままでは徒《いたずら》に戦いを長引かせてしまいます！」

声を大にして言い募った。それでも、信長は反応しない。

ただじっと戦場を睨み付けるばかり。まるで、何かを待ち侘《まわ》びるかのように。

側近たちは、殿はどうなさったのだと、訝しがる。不安に駆られ始めた。

「殿、どうか……」

懇願するような響きに、ようやく信長は口を開く。

「まだじゃ。もう暫し待て」

信長はそれだけを返し、再び彫像のように戦場を見詰めるばかり。

戦況に変化がないまま、更に二刻の時が経った。

後四刻もすれば、夕暮れがやってこよう。そうなれば、今日の戦は終いとなる。もういくらも、時間は残されていない。

これは初日では終わらぬ。いや、この調子では、明日もまた決着が付くとは思われん。

側近たちがそのように嘆息したその時、突如として明後日の方向から鬨の声が上がる。

信長は床几《しょうぎ》を倒しながら立ち上がる。

その視線の先にあったのは――――！

＊

時は少し遡る。坂本で戦端が開かれるより数日も前のこと。

光秀は、信長が自らの指揮下に置いた将らの中でも、特に信用のおける将だけを、私室に呼びつけた。

「明智《あけち》殿、お呼びとお聞きして参上しました」

「御足労下さり感謝します。どうぞ、お座り下さい」

今やってきた男が、最後であったようで、光秀は集まった諸将らに本題を話し出す。

「つい先程、殿より文が届きました」

「それはどのような？」

「戦況です。敵は、坂本に陣を敷き、殿の軍勢を待ち構える姿勢とのこと。これは、殿の狙い通りの戦況です」

諸将らは、信長の作戦を知らぬため、ただ頷くばかり。

「敵が待ち構えている以上、決戦の日取りは、殿の方で決められるということです」

「左様ですか」

律儀に返事をした男も、まだ要領を得ていなかった。光秀の言わんとしていることがまだ見えてこない。

「決戦の日取りは、八月十一日。……実は、私は殿の密命を帯びております。ぎりぎりまで京に残りつつ、決戦のその日に、戦場に駆け付けよ、と」

「なっ！」

打ち明けられた諸将らは目を見開く。

「何と！」

「八月十一日に坂本に!?」

「ならば、すぐさま京を発たなければ！」

「いえ。それは、なりません」

光秀はぴしゃりと言う。

「まだ出るわけにはいかないのです」

「それは、どういう……？」

困惑の声が上がる。

「我らに与えられていた当初の任務を思い出して下さい。京の守護と、また畿内の諸勢力が暴発しないよう目を光らせること。遊兵である我らが京にいることが、畿内の諸勢力に対する重しとなっているのです」

「あっ……」

諸将らは、己の元々の任務を思い出す。

「我らが京を空ける日が長ければ長いほど、暴発が起こる可能性は高まる。それに、早く出すぎれば出すぎるほど、坂本にいる敵に、我らが京から出陣したという情報が伝わる恐れもまた高まることでしょう」

「……なら、出立はいつ頃をお考えで？」

「決戦の前日、八月の十日に」

「御冗談でしょう!?」

決戦の前日という言葉に、諸将らは仰天した。

光秀は微かに笑う。

「何も冗談など言っておりませんよ。お忘れになったので？　本願寺挙兵の際、私は吹田《すいた》城《じょう》までの道程を二日掛けずに踏破したのを。坂本は、吹田よりも近い」

「その時とは、状況が違います！　それにあの時明智殿が率いたのは、二千の兵だった筈。それとも、此度も二千の兵を率いられるお積りで？」

光秀は首を振る。

「殿は、我らが決戦における決定打となることを期待されておいでです。二千では足りません。少なくとも、五千は動かさなくては」

「五千！　ならば尚のことです！　二千と五千ではまるで違う！」

「そうです！　それに、吹田城への強行の折は、織内での、織田領内での行軍です！　此度は、道程の一部で敵の勢力圏内を進む必要があるのですよ!?」

諸将の言い分は真っ当なものばかりであった。

それでも光秀は頷かない。

「出立は決戦の前日です。小荷駄も連れず、兵らには身一つで駆けさせます。補給や休憩は、道々の宿場町で。手配は密かに済ませています」

諸将らは顔を見合わせる。

「……単純に間に合わせるだけなら、それで何とかなるやもしれませんが。されど、疑問がまだ残ります。織田領内ならよいでしょう。しかし敵領内の宿場町では、補給も休憩も取れぬでしょう。いざ、坂本で戦う直前に、全く休めぬとあっては、まともに戦えるとは

「……」

「心配無用。近江《おうみ》の宿場町でも、問題なく補給と休養を取れることでしょう」

諸将らは、もう何度目か分からない驚きを覚える。

「それはまた、何故？」

「大山《おおやま》、浅田屋《あさだや》曰く、『北近江の者は敵ばかりとは限らない』だそうですぞ」

やはり、諸将らには理解できなかった。

八月十日の昼前、本当にぎりぎりまで待った光秀は、京に四千の兵を残し、自らは五千の兵を引き連れて京を発った。

兵らを激励しつつ、街道をひた走る。

端から小荷駄も連れないその行軍は、余りに異様なものであった。

吹田強行の際でも、本隊より遅れてでも小荷駄部隊も連れてはいたのだ。

兵らは本当に身一つ、武器や具足を除いては、水筒と、一食分にもならぬ非常食を忍ばせているくらいのもの。全く以《もっ》て、奇怪な行軍である。

が、兵卒らは、『また明智様が無茶を言いなさる』『仕方ない。今回も骨を折ってみせましょう』と笑い合うばかりで、不満を露ほども見せなかった。

本圀寺《ほんこくじ》防衛に吹田城攻防戦、これらの戦いで、兵らの信を確固たるものとしていたからである。

走る、走る、走る。やがて、最初の休憩地点と定めた街道沿いの宿場町へと到着する。

光秀の言葉通り、事前に手配はされていたようで、宿場町では兵らが座って休める場所が、しっかりと確保され、更には握り飯や温かい汁物が供された。

「おお！　有難い！」

「――美味い！」

空腹が最大の調味料といったところか、空《す》きっ腹《ぱら》の兵らは喜んで飯をかっ喰らう。

そんな様を横目に、諸将らはずっとこのように休養を取れればよいのだが、と不安がる。

織田領内の宿場町で何度か休憩を挟んでは、兵らは走る。ついには、近江国入りし、それからも駆け続けたのだが。

夕暮れ、もう夜の帳《とばり》が下りるという時間帯になる。

「急げ、もうじき次の宿場町だ！」

そう兵らを励ます諸将らは、本当に休めるのか？　という疑念が払拭し切れていない。いやむしろ、不安は増すばかりであった。

走る、走る、やがてもうほとんど日が落ち、薄暗闇に覆われた街道から、明々といくつもの篝火が焚《た》かれ、ぼうっと闇の中に浮き上がるような宿場町が見えてきた。

兵らが宿場町に入ると、すぐさま声を掛けられる。

「お疲れでしょう？　さあさ、こちらでお休み下さい」

何と驚くべきことに、織田領内の宿場町と変わらぬ歓待を受ける。

「何故？」

呆然と呟いた将の横に立った光秀が口を開く。

「浅田屋が近江商人の下を駆け回り、説得していったのよ」

「よく……説得出来ましたな？」

光秀は意味深に笑う。

「何故、説得が難しいと？」

「それは、ここは敵領ではありませんか」

「近江は、浅井の裏切りまでは、同盟国でした」

光秀の言葉に、将の一人は頷いて先を促す。

「織田領内では、開明的な商いが許されています。正に商人らにとって、楽園のようなもの。近江商人も、味方としてその一端を味わった。……一度口にした果実の味は、中々忘れることは出来ぬものです。とは、浅田屋の言ですよ」

そういうことだった。近江商人らにとって、織田が敵であるのは、面白くないのだ。

それに此度のこれを、近江商人らは裏切りであるとは思わなかった。何せ、浅井家《あざいけ》当主長政《ながまさ》は、織田の庇護《ひご》下にいるのだから。

むしろ、先代当主久政こそが裏切り者であり、自分たちはそれを正そうとしているのだ、とすら考えていた。

無論、そう考えるのが、自分たちにとって一番都合がよいからでもある。

「さあ、この宿場町で一晩を明かし、翌朝には行軍再開じゃ！　者ども、今の内に英気を養っておくように！」

光秀がそのように兵らに声を掛けていると、近江商人の一人が光秀の下に近づいていく。

「もし、貴方様が、この軍の主将であらせられる明智様でしょうか？」

「そうだが。お主は？」

「私、近江商人の千石屋と申します。実は明智様に、耳寄りな情報を持ってきましてな」

流石に光秀も、これには警戒する。

「ああ、お疑いなさらないで下さい。私は、浅田屋さんの――呂不韋《りょふい》の信を得た商人ですよ、李通古《りつうこ》様」

光秀は片眉を上げ、次いで思わずといった具合に笑みを漏らす。

「なるほど。それで？　耳寄りな情報とは？」

千石屋を名乗った商人は地図を広げて見せる。傍に侍《はべ》る下男が、手に持つ灯を寄せた。

「明智様はこの街道に沿って、真っ直ぐ進み織田様の本隊に合流されるお積りでしょう?」

「うむ。その通りじゃが?」

千石屋は地図の一点を指差す。

「ここに抜け道があります。古い街道なのですが、これを抜ければ、坂本に陣を張る朝倉らの軍勢の横に出ます」

「ほう」

「ただ、多少遠回りにはなってしまいますが」

「なるほどな」

光秀は暫し黙考する。いち早く織田本軍と合流するのを優先させるか、あるいは、多少時がかかっても、より有利な位置に出ることを優先させるか。

——殿は、我らに決定打となることを期待しておられる。ならば答えは……。

光秀は一つ頷くと、どちらの道を選ぶかを決めたのだった。

*

信長は床几を倒しながら立ち上がる。

その視線の先には、突如として連合軍の横を衝く形で現れた、水色桔梗《ききょう》の旗印! 明智率いる五千の部隊であった。

「間に合わせおったか。見事じゃ、金柑、うらなり……」

信長は思わずといった具合に呟く。

「殿！　あれは!?」

側近の一人が驚きの声を上げる。

信長は笑みを深めると、全軍に届けとばかりに大音声を上げる。

「皆の者！　見よ、あの水色桔梗の旗印を！　あれぞ、我らが飛将明智十兵衛《じゅうべえ》の旗印ぞ！」

信長の言葉は、まず直接届いた兵らに響き、そこから漣のように、織田全軍に波及する。

直後、爆発したかのような歓声が上がった。天地が震える。さしもの信長も、興奮に顔を赤らめた。

「突撃せよ！　突撃せよ！　突撃せよ！　連中の息の根を止めてやれ！」

信長の単純明快な命令に、織田軍全将兵が応える。天を衝く雄叫びと共に兵らは吶喊していく。

連合軍にこれを押し留めるだけの力も気概もありはしなかった。

本軍が正面から、光秀が側面から、連合軍を食い破っていく。

「撤退！　撤退じゃ！」

ほどなくして、連合軍からそんな叫び声と共に、退却を意味する法螺貝《ほらがい》の音が響く。

連合軍は正面と側面に殿部隊を残すと、撤退を始めた。

「追撃じゃ！　鬱陶しい殿なぞ、早々に蹴散らし追撃をかけよ！」

信長は叫ぶ。

が、死兵となった殿部隊の抵抗は、思いの外激しく、突破するのに手こずってしまう。

信長は舌打ちしたが、それでも然程焦ってはいなかった。

多少追撃が遅れたとしても、連合軍が遠路退却していく間に、いくらでも追いつくことが出来る、とそう考えたからだ。

しかし、この信長の予想は外れた。

逃げた連合軍を追った織田軍は足を止めて、その山を見上げた。

「まさか彼奴等、比叡山に逃げ込むとは！」

信長の怒声が響く。

そう、連合軍は殿部隊が時を稼いでいる間に、何と比叡山へと駆け込んだのであった。

これには、信長も堪らない。いくら彼でも、比叡山を攻め立てるのは躊躇《ちゅうちょ》する。

「ええい！　善後策を講じる！　諸将を集めよ！　急ぎ軍議を行う！」

信長は怒りのままに、そう怒鳴り散らした。

至急張られた陣幕の中で、信長以下織田軍の主だった諸将が集まった。

諸将は恐る恐る、上座に置かれた床几に腰掛ける信長を見やった。怒り心頭という有り様で、体を小刻みに震わしている。

最早、勝利の余韻は霞《かすみ》の如く。してやられたと、諸将の誰もが頭を抱えたくなった。

信長の目的は、敵軍団の撃滅である。

今回の戦で裏切った浅井、朝倉を滅ぼすまでは考えていなかった。

が、最低でも敵軍に壊滅的打撃を与え、暫く軍事行動を取ることが出来ないようにするのが、狙いであったのだ。

そうでなければ、今回の勝利に意味はない。

このまま敵軍の大多数の延命を許せば、元《もと》の木阿弥《もくあみ》だ。依然、織田は周囲全てに油断できぬ戦況が続く。

故に、敵軍に大いに打撃を与えた上で、近江、越前《えちぜん》方面の囲いを無効化し、後は悠々と返す刀で、三好、本願寺を潰す積りであったのだ。

だがこのままでは、それもままならぬ。畿内に引き返し、三好、本願寺と信長ら主力が向き合えば、また、浅井、朝倉たちは、隙を衝かんと攻め込んでくるに違いなかった。

「叡山《えいざん》の坊主どもに、彼奴等を退去させるよう要請しましょう。……それしか手がないかと」

ちらっと、信長を窺いながら口にしたのは、森可成であった。

「坊主どもは頷くか？」

信長は低い声で問い返す。

「正直難しいかと。ですが、条件次第ではあるいは……」

「であるか」

信長は怒りを押し殺し思案する。比叡山を説得する条件を考えるためであった。

「お待ち下さい」

が、信長の思考を遮る声が響く。口にしたのは、光秀であった。

「最早、比叡山は明確な敵です。このまま攻め上りましょう。悉く根切りにし、伽藍《がらん》を破却するのです」

余りに大胆な発言にどよめきが起こる。

光秀は続ける。

「何を躊躇することがありましょう。連中は財貨を貯《た》め込み、浄域に女人を連れ込み、遊興に耽《ふけ》り堕落しています。かつての国家鎮護の大道場も見る影なく、これを攻め滅ぼしたとて、如何なる義に反しましょうか？」

信長はじっと光秀を睨む。諸将はおろおろと顔を見回すばかり。

「諸将が戸惑われるなら、私が先鋒を務めましょう。汚れ役は、この光秀めが一身に引き受けます。故にどうか！」

信長はにかっと笑む。光秀の言で機嫌が相当回復したようだ。

「その言やよし！　見上げた覚悟じゃ、金柑！　が、それは最後の手段じゃな。まずは、坊主どもと交渉することとしよう。誰ぞ、比叡山に使者を！　この信長自ら、坊主どもと会談する！　その旨を伝えよ！」

かくして、使者が比叡山に送られる。翌日には信長と延暦寺の高僧らで、会談が行われる運びとなった。

下山し、比叡山を包囲する織田の陣営に、三名の高僧が訪ねてきた。

彼らを迎えた信長は、早速要求を伝えるべく口を開く。

「延暦寺が、俗世に過度な干渉をするのは如何なものか？　此度、朝倉らを匿《かくま》うのはやりすぎであろう。……何も信長に味方せよとは言わぬ。せめて中立を貫いてもらいたい。逃げ込んだ朝倉たちを、比叡山から退去させよ。退去させれば、ワシは一兵たりとも叡山に踏み込ませぬし、先般没収した、織田領内にある延暦寺の荘園《しょうえん》もお返ししよう」

高僧らは、信長の口上に曖昧に頷くばかりで、要領を得ない。

信長は訝しく思いながらも、刀を鞘《さや》から少し滑らせると、また勢いよく鞘の中に納めた。キンと鍔《つば》と鞘が打ち合う音がした。

「誓おう。色よい返事を期待する」

金打《きんちょう》であった。武士が固い誓いを立てた証《あかし》である。

高僧らはおずおずと比叡山に帰っていった。

「殿、坊主どもは朝倉たちを退去させるでしょうか？」

去る高僧らの背を見送り終えると、勝家が尋ねた。

「礼は尽くした。最大限の譲歩も見せた。心配はなかろう」

信長にしては楽観的な返事をする。

が、またもや信長の予想は外れる。

色よい返事がどうこうどころではない。一日、二日、三日経とうとも、返事すらなかった。延暦寺は、信長の要請を黙殺した。

いくら何でも、これはない。礼儀以前の問題であった。彼らは、完全に信長の面子を潰した。潰してみせた。

信長の怒りは如何ばかりか？　最早語るまでもないことだが……。勿論、これ以上ない怒りを面に出していた。

比叡山を見上げる信長の目は血走り、体はまるで極寒の中、裸で放り出されたかの如《ごと》く打ち震えている。無言で放つ怒気は空気を重くするばかりだ。

諸将たちは、それこそ勝家ですら、今の信長に声を掛けることすら出来ない。

「……礼は尽くした。その返礼がこれか！　ここまで虚仮にされたのは、初めてじゃ！　いいだろう。坊主どもの選択を尊重しよう。彼奴等は、自らの滅びを選んだのじゃ！」

信長はぐるりと首を動かして、押し黙る諸将らの顔を見る。

「全て、比叡山にある者は全て！　例外なく根切りにせよ！　伽藍という伽藍に火をかけよ。比叡山を灰燼《かいじん》に帰さしめよ。何一つ残すな！」

「「ハッ！」」

否やと答えられる者は誰もいなかった。

その時は、夜間と定められた。寝静まり、完全に無警戒な所を強襲し、万に一つも取り逃さぬようにと。

松明を掲げた兵らが、比叡山を登っていく。連なる灯は、まるで鬼火を思わせた。

寝静まった僧房の戸を蹴破ると、何事かと布団から起き上がった坊主たちを、問答無用で殺戮《さつりく》する。そうしてから、僧房に火をかけた。

突然の騒ぎに、上がる火の手に、方々で何事かと屋外に飛び出した者たちが見たのは、迫りくる織田兵の姿だ。

仰天した非武装の者らは、無抵抗を示し降参しようとする。が、許されない。一人の男が、またも問答無用で殺戮される。

その様を見た者たちは、悲鳴を上げながら逃げ惑った。

必死に走った小坊主は、その背を串刺しにされる。

逃げるのは無理だと、命乞いをした女人は、袈裟《けさ》切りにされる。

観念して『南無阿弥陀仏《なむあみだぶつ》』と経を読んだ坊主は、頭をかち割られる。

そこかしこで鮮血が散った。

更には、建物という建物に、兵らは火を放っていく。燃え上がる炎は、天をも焦がす。

赤、赤、赤。比叡山は、天も地も赤く染まる。そう、血と炎の赤に。

まるで、この世に地獄が現出したかのような有り様であった。

比叡山に、この世の地獄に、悲鳴が木霊する。

信長は、比叡山の下から闇夜を赤く染め上げる紅蓮《ぐれん》の炎《ほのお》を仰ぎ見た。

暫くそうしていると、縄で縛られた一人の高僧が引き出されてくる。

信長はそれを見やり、低い声音を出す。

「もう二人はどうした?」

問い掛けに、高僧を引き出した兵らが震える。

「も、申し訳ありません！　既に事切れておりました！」

　ふん、と信長は鼻を鳴らす。

　引き出されてきたのは、先日信長と会談した三人の高僧の一人であった。

　信長はあの日、金打をしたのと同じ刀を、今度は完全に鞘から抜き放つ。

　最早助からぬと観念したためだろうか？　縛られた高僧は逆上し、唾を飛ばしながら信長を罵倒する。

「よくも、よくもこんな真似が出来たな！　貴様は人ではない！　この天魔め！　必ずや仏罰が下ろうぞ！」

「天魔？」

　くくっ、と信長は笑う。笑いながら、高僧を斬り捨てた。

「ハハ、ハハハハハ！　応とも！　我こそは、第六天魔王織田信長《おだのぶなが》じゃ！」

　天を染める業火の下、信長の狂笑がいつまでも響き続けた。

＊

　早朝、俺は弥七《やしち》と共にそれを見た。天に昇る黒煙を。

「あの方角は……」

　俺の呟きに、弥七は頷く。

「比叡山、だと思うのですが。あの煙は一体……？」

訝し気に首を捻る弥七に、俺は答えを告げる。

「弾正忠様が比叡山を焼き討ちされたのだろう」

「まさか!?」

弥七が息を呑む。

確かにこの時代を生きる人にとっては信じ難い事実だろう。

……信長が比叡山を焼いた、か。

俺の存在が、これまで大なり小なり戦国史に影響を与えてきた。

織田舞蘭度の創設、友野座の消滅、浅井長政が織田側に残ったことに、旗振り通信等々。

変わった歴史も多くある。が、変わらなかったものも。

先の将軍暗殺、織田包囲網、今回の比叡山焼き討ちなどがそうだ。

それこそ、節目、節目、要所、要所という箇所こそが、変わらなかったりする事が多いような気がするのは、気のせいか？　考えすぎであろうか？

「歴史の修正力？　まさか、な……」

俺は弥七に聞こえない程度の声量で、その疑念を口の中で転がしてみる。

まさか、まさかだ。そんなオカルトめいたことが起きるわけがない。

偶然に過ぎない。あるいは、戦国の情勢を鑑みるに、起きるべくして起きた必然か。

少なくとも、修正力などといった、オカルト染みた現象ではない筈だ。その筈なのだ。

「……行こう、弥七」

俺は踵を返し、黒煙に背を向けた。

＊

永禄八年五月のことである。

信長公、公方様《くぼう》の命を受け、三好討伐の兵を挙げようとなされた折、朝倉義景が突如同盟を反故にした。先の浅井家当主久政も、これに同調した。

信長公、不義の輩を誅伐《ちゅうばつ》せんと近江へと出兵なされたが、同年六月に三好が畿内入りし、あろうことか本願寺までが挙兵した。

これにより、畿内に残ったお味方は危機に瀕したが、明智《あけち》光秀《みつひで》、木下秀吉《きのしたひでよし》両将の機転と、活躍により事なきを得た。

元亀元年八月、再度浅井、朝倉討伐の兵を挙げられた信長公は、南進してきた浅井、朝倉らと坂本にて合戦と相成った。

この戦いでも、明智光秀が目覚ましい戦功を上げた。

同月、浅井、朝倉らを匿った延暦寺に、信長公は彼らを退去させるよう要請したが、断られた。

延暦寺は、仏門にありながら俗世に過度に干渉するばかりか、卑しく財貨を貯め、浄域に女人を引き入れるなど、目を覆うばかりの堕落した姿であった。

信長公は、義を以て、これを成敗なされた。

比叡山の僧侶どもを悉く根切りにし、また、比叡山に匿われていた、浅井、朝倉らは散り散りになって逃げ出したが、その多くが討たれることとなった。

比叡山焼き討ち後、信長公は論功行賞を行い、一連の働きから明智光秀を武功第一位と激賞した。これは、明智光秀にとって大変名誉なことであった。

——『信長公記』

本書は二〇二〇年四月にレジェンドノベルス・エクステンドとして小社より刊行されました。

|著者|入月英一　兵庫県西宮市出身。関西大学経済学部卒業。2018年、『魔女軍師シズク』（ヒーロー文庫）でデビュー。

信長《のぶなが》と征《ゆ》く 2 転生商人《てんせいしょうにん》の天下《てんか》取《と》り

入月英一《いりづきえいいち》

講談社文庫

定価はカバーに
表示してあります

2022年3月15日第1刷発行

発行者――鈴木章一
発行所――株式会社　講談社
東京都文京区音羽2-12-21　〒112-8001
電話　出版（03）5395-3510
　　　販売（03）5395-5817
　　　業務（03）5395-3615

KODANSHA

デザイン―菊地信義
本文データ制作―講談社デジタル製作
印刷―――豊国印刷株式会社
製本―――株式会社国宝社

Printed in Japan

ISBN978-4-06-527341-8

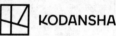

講談社文庫刊行の辞

二十一世紀の到来を目睫に望みながら、われわれはいま、人類史上かつて例を見ない巨大な転換期をむかえようとしている。

世界も、日本も、激動の予兆に対する期待とおののきを内に蔵して、未知の時代に歩み入ろうとしている。このときにあたり、創業の人野間清治の「ナショナル・エデュケイター」への志を現代に甦らせようと意図して、われわれはここに古今の文芸作品はいうまでもなく、ひろく人文・社会・自然の諸科学から東西の名著を網羅する、新しい綜合文庫の発刊を決意した。

激動の転換期はまた断絶の時代である。われわれは戦後二十五年間の出版文化のありかたへの深い反省をこめて、この断絶の時代にあえて人間的な持続を求めようとする。いたずらに浮薄な商業主義のあだ花を追い求めることなく、長期にわたって良書に生命をあたえようとつとめるところにしか、今後の出版文化の真の繁栄はあり得ないと信じるからである。

同時にわれわれはこの綜合文庫の刊行を通じて、人文・社会・自然の諸科学が、結局人間の学にほかならないことを立証しようと願っている。かつて知識とは、「汝自身を知る」ことにつきていた。現代社会の瑣末な情報の氾濫のなかから、力強い知識の源泉を掘り起し、技術文明のただなかに、生きた人間の姿を復活させること。それこそわれわれの切なる希求である。

われわれは権威に盲従せず、俗流に媚びることなく、渾然一体となって日本の「草の根」をかたちづくる若く新しい世代の人々に、心をこめてこの新しい綜合文庫をおくり届けたい。それは知識の泉であるとともに感受性のふるさとであり、もっとも有機的に組織され、社会に開かれた万人のための大学をめざしている。大方の支援と協力を衷心より切望してやまない。

一九七一年七月

野間省一

講談社文庫 最新刊

風野真知雄 岡本さとる ほか
五分後にホロリと江戸人情
下町の長屋に集う住人からにじみ出る人情絵巻を、七人の時代小説家が描く掌編競作。

西村京太郎
午後の脅迫者〈新装版〉
人間の心に魔が差す瞬間を巧みに捉え、ミステリーに仕上げた切れ味するどい作品集。

ビートたけし
浅草キッド
フランス座に入門、深見千三郎に弟子入り、そして漫才デビューへ。甘く苦い青春小説。

佐藤　優
人生のサバイバル力
なぜ勉強するのか、歴史から何を学ぶか、これからをどう生きるか。碩学《せきがく》が真摯に答える！

堀川アサコ
幻想遊園地
恋多き元幽霊、真理子さんに舞い込んだ謎。あの世とこの世を繋ぐ大人気シリーズ最新作。

講談社タイガ

入月英一
信長と征《ゆ》く 1・2〈転生商人の天下取り〉
21世紀から信長の時代へ転生した商人が、銭の力と現代の知識で戦国日本制覇を狙う！

遠藤　遼
平安姫君の随筆がかり 二〈清少納言と恋多き女房〉
謎解きで宮中の闇もしきたりも蹴っ飛ばせ。そんな過激な女房・清少納言に流刑の危機が!?

如月新一
あくまでも探偵は〈もう助手はいない〉
悪魔か探偵か。二面性をもつ天才高校生に爆弾犯容疑がかけられた！　ネタバレ厳禁ミステリー！

友麻　碧
水《み》無《な》月《づき》家《け》の許嫁《いいなずけ》〈十六歳の誕生日、本家の当主が迎えに来ました。〉
「僕とあなたは〝許嫁《いいなずけ》〟の関係にあるのです」。天女の血に翻弄《ほんろう》される二人の和風婚姻譚。

講談社文庫 最新刊

ルシア・ベルリン
岸本佐知子 訳
掃除婦のための手引き書
〈――ルシア・ベルリン作品集〉
死後十年を経て「再発見」された作家の、奇跡の文学。大反響を呼んだ初邦訳集が文庫化。

佐々木裕一
決着の閧《とき》
〈公家武者 信平《のぶひら》（十二）〉
急転！ 京の魑魅《すだま》・銭才《せんさい》により将軍が囚われた。巨魁と信平の一大決戦篇、ついに決着！

神津凛子
ママ
目を覚ますと手足を縛られ監禁されていた！ シングルマザーを襲う戦慄のパニックホラー！

京極夏彦
文庫版 **地獄の楽しみ方**
あらゆる争いは言葉の行き違い――。地獄のようなこの世を生き抜く「言葉」徹底講座。

島本理生
夜はおしまい
誰か、私を遠くに連れていって――。女の「生」と「性」を描いた、直木賞作家の真骨頂。

瀬戸内寂聴
97歳の悩み相談
97歳にして現役作家で僧侶の著者が、若い世代の悩みに答える、幸福に生きるための知恵。

中村天風
叡智のひびき
〈天風哲人箴言注釈《しんげんちゅうしゃく》〉
『運命を拓く』で注目の著者の、生命《いのち》あるメッセージがほとばしる、新たな人生哲学の書！

ラトナ・サリ・デヴィ・スカルノ
選ばれる女におなりなさい
〈デヴィ夫人の婚活論〉
運命の恋をして、日本人でただ一人、海外の国家元首の妻となったデヴィ夫人の婚活術。

森 博嗣
アンチ整理術
〈Anti-Organizing Life〉
ものは散らかっているが、生き方は散らかっていない人気作家の創造的思考と価値観。

講談社文芸文庫

柄谷行人

柄谷行人対話篇Ⅱ 1984－88

精神医学、免疫学、経済学、文学、思想史学……生きていくうえでの多岐にわたる関心に導かれるようになされた対話。知的な刺戟に満ちた思考と言葉が行き交う。

かB19
978-4-06-527376-0

柄谷行人

柄谷行人対話篇Ⅰ 1970－83

デビュー以来、様々な領域で対話を繰り返し、思考を深化させた柄谷行人の対談集。第一弾は、吉本隆明、中村雄二郎、安岡章太郎、寺山修司、丸山圭三郎、森敦、中沢新一。

かB18
978-4-06-522856-2

講談社文庫　目録

芥川龍之介　藪の中
有吉佐和子　新装版 和宮様御留
阿刀田 高　ナポレオン狂
阿刀田 高　新装版 ブラック・ジョーク大全
相沢忠洋　「岩宿」の発見〈幻の旧石器を求めて〉
鮎川哲也　りら荘事件
赤川次郎　偶像崇拝殺人事件
赤川次郎　人間消失殺人事件
赤川次郎　三姉妹探偵団
赤川次郎　三姉妹探偵団2〈キャンパス篇〉
赤川次郎　三姉妹探偵団3〈珠美・初恋篇〉
赤川次郎　三姉妹探偵団4〈怪奇篇〉
赤川次郎　三姉妹探偵団5〈復讐篇〉
赤川次郎　三姉妹探偵団6〈危機一髪篇〉
赤川次郎　三姉妹探偵団7〈駈け落ち篇〉
赤川次郎　三姉妹探偵団8〈人質篇〉
赤川次郎　三姉妹探偵団9〈青ひげ篇〉
赤川次郎　三姉妹探偵団10〈父恋し篇〉
赤川次郎　死が小径をやってくる〈三姉妹探偵団11〉

赤川次郎　死神のお気に入り〈三姉妹探偵団12〉
赤川次郎　次女と野獣〈三姉妹探偵団13〉
赤川次郎　心地よい悪夢〈三姉妹探偵団14〉
赤川次郎　ふるえて眠れ、三姉妹〈三姉妹探偵団15〉
赤川次郎　三姉妹、呪いの道行〈三姉妹探偵団16〉
赤川次郎　三姉妹、初めてのおつかい〈三姉妹探偵団17〉
赤川次郎　恋の花咲く三姉妹〈三姉妹探偵団18〉
赤川次郎　月もおぼろに三姉妹〈三姉妹探偵団19〉
赤川次郎　三姉妹、ふしぎな旅日記〈三姉妹探偵団20〉
赤川次郎　三姉妹、清く貧しく美しく〈三姉妹探偵団21〉
赤川次郎　三姉妹と忘れじの面影〈三姉妹探偵団22〉
赤川次郎　三姉妹、舞踏会への招待〈三姉妹探偵団23〉
赤川次郎　三人姉妹殺人事件〈三姉妹探偵団24〉
赤川次郎　三姉妹、さびしい入江の歌〈三姉妹探偵団25〉
赤川次郎　静かな町の夕暮に
赤川次郎　キネマの天使〈レンズの奥の殺人者〉
泡坂妻夫　花火と銃声
新井素子　グリーン・レクイエム〈新装版〉
安能務 訳　封神演義 全三冊

安西水丸　東京美女散歩
綾辻行人　殺人方程式〈切断された死体の問題〉
綾辻行人　鳴風荘事件 殺人方程式Ⅱ
綾辻行人　十角館の殺人〈新装改訂版〉
綾辻行人　水車館の殺人〈新装改訂版〉
綾辻行人　迷路館の殺人〈新装改訂版〉
綾辻行人　人形館の殺人〈新装改訂版〉
綾辻行人　時計館の殺人〈新装改訂版〉
綾辻行人　黒猫館の殺人〈新装改訂版〉
綾辻行人　暗黒館の殺人 全四冊
綾辻行人　びっくり館の殺人
綾辻行人　奇面館の殺人(上)(下)
綾辻行人　どんどん橋、落ちた〈新装改訂版〉
綾辻行人　緋色の囁き〈新装改訂版〉
綾辻行人　暗闇の囁き〈新装改訂版〉
綾辻行人　黄昏の囁き〈新装改訂版〉
綾辻行人ほか　7人の名探偵
我孫子武丸　探偵映画
我孫子武丸　新装版 8の殺人

我孫子武丸 眠り姫とバンパイア
我孫子武丸 狼と兎のゲーム
我孫子武丸 新装版 殺戮にいたる病
有栖川有栖 ロシア紅茶の謎
有栖川有栖 スウェーデン館の謎
有栖川有栖 ブラジル蝶の謎
有栖川有栖 英国庭園の謎
有栖川有栖 ペルシャ猫の謎
有栖川有栖 幻想運河
有栖川有栖 幽霊刑事《デカ》
有栖川有栖 マレー鉄道の謎
有栖川有栖 スイス時計の謎
有栖川有栖 モロッコ水晶の謎
有栖川有栖 インド倶楽部の謎
有栖川有栖 カナダ金貨の謎
有栖川有栖 新装版 マジックミラー
有栖川有栖 新装版 46番目の密室
有栖川有栖 虹果て村の秘密
有栖川有栖 闇の喇叭《らっぱ》
有栖川有栖 真夜中の探偵
有栖川有栖 論理爆弾
有栖川有栖 名探偵傑作短篇集 火村英生篇
姉小路 祐 影のクロス〈監察特任刑事《デカ》〉
姉小路 祐 緘《かん》殺《さつ》のファイル〈監察特任刑事《デカ》〉
浅田次郎 勇気凜凜ルリの色
浅田次郎 四十肩と恋愛 勇気凜凜ルリの色
浅田次郎 霞町物語
浅田次郎 ひとは情熱がなければ生きていけない〈勇気凜凜ルリの色〉
浅田次郎 シェエラザード(上)(下)
浅田次郎 歩兵の本領
浅田次郎 蒼穹の昴 全四巻
浅田次郎 珍妃の井戸
浅田次郎 中原の虹 全四巻
浅田次郎 マンチュリアン・リポート
浅田次郎 天子蒙塵《てんしもうじん》 全四巻
浅田次郎 天国までの百マイル
浅田次郎 地下鉄《メトロ》に乗って〈新装版〉
浅田次郎 おもかげ
浅田次郎 日輪の遺産〈新装版〉
青木 玉 小石川の家
阿部和重 アメリカの夜
阿部和重 グランド・フィナーレ
阿部和重 A B C〈阿部和重初期作品集〉
阿部和重 ミステリアスセッティング
阿部和重 IP/NN 阿部和重傑作集
阿部和重 シンセミア(上)(下)
阿部和重 ピストルズ(上)(下)
甘糟りり子 産む、産まない、産めない
甘糟りり子 産まなくても、産めなくても
赤井三尋 翳《かげ》りゆく夏
あさのあつこ NO.6〔ナンバーシックス〕#1
あさのあつこ NO.6〔ナンバーシックス〕#2
あさのあつこ NO.6〔ナンバーシックス〕#3
あさのあつこ NO.6〔ナンバーシックス〕#4
あさのあつこ NO.6〔ナンバーシックス〕#5
あさのあつこ NO.6〔ナンバーシックス〕#6
あさのあつこ NO.6〔ナンバーシックス〕#7

講談社文庫　目録

あさのあつこ　NO.6〔ナンバーシックス〕#8
あさのあつこ　NO.6〔ナンバーシックス〕#9
あさのあつこ　NO.6beyond〔ナンバーシックス・ビヨンド〕
あさのあつこ　待　っ　て　る〈橘屋草子〉
あさのあつこ　さいとう市立さいとう高校野球部(上)(下)
あさのあつこ　甲子園でエースしちゃいました〈さいとう市立さいとう高校野球部〉
あさのあつこ　おれが先輩？〈さいとう市立さいとう高校野球部〉
阿部夏丸　泣けない魚たち
朝倉かすみ　肝、焼ける
朝倉かすみ　好かれようとしない
朝倉かすみ　ともしびマーケット
朝倉かすみ　感応連鎖
朝倉かすみ　たそがれどきに見つけたもの
朝比奈あすか　憂鬱なハスビーン
朝比奈あすか　あの子が欲しい
天野作市　気高き昼寝
天野作市　みんなの旅行
青柳碧人　浜村渚の計算ノート
青柳碧人　浜村渚の計算ノート　2さつめ〈ふしぎの国の期末テスト〉

青柳碧人　浜村渚の計算ノート　3さつめ〈水色コンパスと恋する幾何学〉
青柳碧人　浜村渚の計算ノート　3と1/2さつめ〈ふえるま島の最終定理〉
青柳碧人　浜村渚の計算ノート　4さつめ〈方程式は歌声に乗って〉
青柳碧人　浜村渚の計算ノート　5さつめ〈鳴くよウグイス、平面上〉
青柳碧人　浜村渚の計算ノート　6さつめ〈パピルスよ、永遠に〉
青柳碧人　浜村渚の計算ノート　7さつめ〈悪魔とポタージュスープ〉
青柳碧人　浜村渚の計算ノート　8さつめ〈虚数じかけの夏みかん〉
青柳碧人　浜村渚の計算ノート　8と2分の1さつめ〈つるかめ家の一族〉
青柳碧人　浜村渚の計算ノート　9さつめ〈恋人たちの必勝法《マーチンゲール》〉
青柳碧人　霊視刑事夕雨子《ゆうこ》1〈誰かがそこにいる〉
青柳碧人　霊視刑事夕雨子2〈雨空の鎮魂歌《レクイエム》〉
朝井まかて　花《はな》競《くら》べ〈向嶋なずな屋繁盛記〉
朝井まかて　ちゃんちゃら
朝井まかて　すかたん
朝井まかて　ぬけまいる
朝井まかて　恋歌
朝井まかて　阿《お》蘭《らん》陀《だ》西《さい》鶴《かく》
朝井まかて　藪《やぶ》医《い》ふらここ堂
朝井まかて　福袋

朝井まかて　草々不一
歩《あゆみ》りえこ　ブラを捨て旅に出よう〈貧乏乙女の"世界一周"旅行記〉
安藤祐介　営業零課《ぜろか》接待班
安藤祐介　被取締役《とりしまられやく》新入社員
安藤祐介　おい！山田〈大翔製菓広報宣伝部〉
安藤祐介　宝くじが当たったら
安藤祐介　一〇〇〇ヘクトパスカル
安藤祐介　テノヒラ幕府株式会社
安藤祐介　本のエンドロール
青木理　絞首刑
麻見和史　石の繭〈警視庁殺人分析班〉
麻見和史　蟻《あり》の階段〈警視庁殺人分析班〉
麻見和史　水晶の鼓動〈警視庁殺人分析班〉
麻見和史　虚空の糸〈警視庁殺人分析班〉
麻見和史　聖者の凶数〈警視庁殺人分析班〉
麻見和史　女神の骨格〈警視庁殺人分析班〉
麻見和史　蝶の力学〈警視庁殺人分析班〉
麻見和史　雨色の仔羊〈警視庁殺人分析班〉
麻見和史　奈落の偶像〈警視庁殺人分析班〉

麻見和史　鷹《たか》の砦《とりで》〈警視庁殺人分析班〉
麻見和史　凪《なぎ》の残響〈警視庁殺人分析班〉
麻見和史　天空の鏡〈警視庁殺人分析班〉
麻見和史　深紅の断片〈警防課救命チーム〉
麻見和史　邪神の天秤〈警視庁公安分析班〉
有川　浩　三匹のおっさん
有川　浩　三匹のおっさん　ふたたび
有川　浩　ヒア・カムズ・ザ・サン
有川　浩　旅猫リポート
有川ひろ　アンマーとぼくら
有川ひろ ほか《か》　ニャンニャンにゃんそろじー
荒崎一海　門前仲町〈九頭竜覚山　浮世綴㈠〉
荒崎一海　蓬莱橋雨景〈九頭竜覚山　浮世綴㈡〉
荒崎一海　寺町哀感〈九頭竜覚山　浮世綴㈢〉
荒崎一海　小名木川《おなぎがわ》〈九頭竜覚山　浮世綴㈣〉
荒崎一海　一色町雪花〈九頭竜覚山　浮世綴㈤〉
朱野帰子《かえるこ》　駅物語
朱野帰子　対岸の家事
東　浩紀　一般意志2・0〈ルソー、フロイト、グーグル〉
朝倉宏景　白球アフロ
朝倉宏景　野球部ひとり
朝倉宏景　つよく結べ、ポニーテール
朝倉宏景　あめつちのうた
朝井リョウ　スペードの3
朝井リョウ　世にも奇妙な君物語
有沢ゆう希　末次由紀　原作　〈小説〉ちはやふる　上の句
有沢ゆう希　末次由紀　原作　〈小説〉ちはやふる　下の句
有沢ゆう希　末次由紀　原作　〈小説〉ちはやふる　結び
有沢ゆう希　ろびこ　原作　となりの怪物くん
有沢ゆう希　小説　パーフェクトワールド〈君といる奇跡〉
有沢ゆう希　原作：金田一蓮十郎　脚本：徳永友一　小説　ライアー×ライアー
蒼井凜花　女唇《ルージュ》の伝言
秋川滝美　幸腹《こうふく》な百貨店
秋川滝美　幸腹な百貨店〈デパ地下おにぎり騒動〉
秋川滝美　幸腹な百貨店〈催事場で蕎麦屋呑み〉
秋川滝美　マチのお気楽料理教室
東　芙美子　原作　雲田はるこ　脚本　羽原大介　小説　昭和元禄落語心中
赤神　諒　神遊の城
赤神　諒　大友二階崩れ
赤神　諒　大友落月記
赤神　諒　酔象の流儀　朝倉盛衰記
彩瀬まる　やがて海へと届く
浅生　鴨　伴走者
天野純希　有楽斎の戦
青木祐子　コーチ！〈はげまし屋・立花ことりのクライアントファイル〉
秋保水菓《あきうすいか》　コンビニなしでは生きられない
相沢沙呼　medium《メディウム》　霊媒探偵城塚翡翠《じょうづかひすい》
新井見枝香　本屋の新井
碧野　圭　凜として弓を引く
五木寛之　ソフィアの秋
五木寛之　狼のブルース
五木寛之　海峡物語
五木寛之　風花のひと
五木寛之　鳥の歌(上)(下)
五木寛之　燃える秋
五木寛之　真夜中の望遠鏡〈流されゆく日々'78〉
五木寛之　ナホトカ青春航路〈流されゆく日々'79〉

五木寛之　旅の幻燈
五木寛之　他力
五木寛之　こころの天気図
五木寛之　新装版 恋歌
五木寛之　百寺巡礼 第一巻 奈良
五木寛之　百寺巡礼 第二巻 北陸
五木寛之　百寺巡礼 第三巻 京都Ⅰ
五木寛之　百寺巡礼 第四巻 滋賀・東海
五木寛之　百寺巡礼 第五巻 関東・信州
五木寛之　百寺巡礼 第六巻 関西
五木寛之　百寺巡礼 第七巻 東北
五木寛之　百寺巡礼 第八巻 山陰・山陽
五木寛之　百寺巡礼 第九巻 京都Ⅱ
五木寛之　百寺巡礼 第十巻 四国・九州
五木寛之　海外版 百寺巡礼 インド1
五木寛之　海外版 百寺巡礼 インド2
五木寛之　海外版 百寺巡礼 朝鮮半島
五木寛之　海外版 百寺巡礼 中国
五木寛之　海外版 百寺巡礼 ブータン
五木寛之　海外版 百寺巡礼 日本・アメリカ
五木寛之　青春の門 第七部 挑戦篇
五木寛之　青春の門 第八部 風雲篇
五木寛之　青春の門 第九部 漂流篇
五木寛之　親鸞 青春篇(上)(下)
五木寛之　親鸞 激動篇(上)(下)
五木寛之　親鸞 完結篇(上)(下)
五木寛之　五木寛之の金沢さんぽ
五木寛之　海を見ていたジョニー 新装版
井上ひさし　モッキンポット師の後始末
井上ひさし　ナイン
井上ひさし　四千万歩の男 全五冊
井上ひさし　四千万歩の男 忠敬の生き方
井上ひさし／司馬遼太郎　新装版 国家・宗教・日本人
池波正太郎　私の歳月
池波正太郎　よい匂いのする一夜
池波正太郎　梅安料理ごよみ
池波正太郎　わが家の夕めし
池波正太郎　新装版 緑のオリンピア
池波正太郎　新装版 殺しの四人〈仕掛人・藤枝梅安(一)〉
池波正太郎　新装版 梅安蟻地獄〈仕掛人・藤枝梅安(二)〉
池波正太郎　新装版 梅安最合傘〈仕掛人・藤枝梅安(三)〉
池波正太郎　新装版 梅安針供養〈仕掛人・藤枝梅安(四)〉
池波正太郎　新装版 梅安乱れ雲〈仕掛人・藤枝梅安(五)〉
池波正太郎　新装版 梅安影法師〈仕掛人・藤枝梅安(六)〉
池波正太郎　新装版 梅安冬時雨〈仕掛人・藤枝梅安(七)〉
池波正太郎　新装版 忍びの女(上)(下)
池波正太郎　新装版 殺しの掟
池波正太郎　新装版 抜討ち半九郎
池波正太郎　新装版 娼婦の眼
池波正太郎　近藤勇白書〈レジェンド歴史時代小説〉(上)(下)
井上靖　楊貴妃伝
石牟礼道子　新装版 苦《く》海《がい》浄《じょう》土《ど》〈わが水俣病〉
いわさきちひろ　ちひろのことば
いわさきちひろ／松本猛　いわさきちひろの絵と心
いわさきちひろ／絵本美術館編　ちひろ・子どもの情景〈文庫ギャラリー〉
いわさきちひろ／絵本美術館編　ちひろ・紫のメッセージ〈文庫ギャラリー〉
いわさきちひろ／絵本美術館編　ちひろの花ことば〈文庫ギャラリー〉

いわさきちひろ 絵本美術館編　ちひろのアンデルセン〈文庫ギャラリー〉
いわさきちひろ 絵本美術館編　ちひろ・平和への願い〈文庫ギャラリー〉
石野径一郎　新装版 ひめゆりの塔
今西錦司　生物の世界
井沢元彦　義経幻殺録
井沢元彦　光と影の武蔵〈切支丹秘録〉
井沢元彦　新装版 猿丸幻視行
伊集院 静　乳房
伊集院 静　遠い昨日
伊集院 静　夢は枯野を〈競輪躁鬱旅行〉
伊集院 静　野球で学んだこと ヒデキ君に教わったこと
伊集院 静　峠の声
伊集院 静　白秋
伊集院 静　潮流
伊集院 静　冬の蜻蛉《とんぼ》
伊集院 静　オルゴール
伊集院 静　昨日スケッチ
伊集院 静　あづま橋
伊集院 静　ぼくのボールが君に届けば
伊集院 静　駅までの道をおしえて
伊集院 静　受け月
伊集院 静　坂の上のμ〈野球小説アンソロジー〉
伊集院 静　ねむりねこ
伊集院 静　新装版 三年坂
伊集院 静　お父やんとオジさん(上)(下)
伊集院 静　ノボさん〈小説 正岡子規と夏目漱石〉(上)(下)
伊集院 静　機関車先生〈新装版〉
いとうせいこう　我々の恋愛
いとうせいこう　「国境なき医師団」を見に行く
井上夢人　ダレカガナカニイル…
井上夢人　プラスティック
井上夢人　オルファクトグラム(上)(下)
井上夢人　もつれっぱなし
井上夢人　あわせ鏡に飛び込んで
井上夢人　魔法使いの弟子たち(上)(下)
井上夢人　ラバー・ソウル
池井戸 潤　果つる底なき
池井戸 潤　架空通貨
池井戸 潤　銀行狐
池井戸 潤　仇敵
池井戸 潤　BT'63(上)(下)
池井戸 潤　空飛ぶタイヤ(上)(下)
池井戸 潤　鉄の骨
池井戸 潤　新装版 銀行総務特命
池井戸 潤　新装版 不祥事
池井戸 潤　ルーズヴェルト・ゲーム
池井戸 潤　半沢直樹1〈オレたちバブル入行組〉
池井戸 潤　半沢直樹2〈オレたち花のバブル組〉
池井戸 潤　半沢直樹3〈ロスジェネの逆襲〉
池井戸 潤　半沢直樹4〈銀翼のイカロス〉
池井戸 潤　花咲舞が黙ってない〈新装増補版〉
石田衣良　LAST[ラスト]
石田衣良　東京DOLL
石田衣良　てのひらの迷路
石田衣良　40《フォーティ》 翼ふたたび
石田衣良　s e x
石田衣良　逆《さか》島《しま》断《たつ》雄《お》〈進駐官養成高校の決闘編1〉

講談社文庫　目録

石田衣良　逆島断雄〈進駐官養成高校の決闘編2〉
石田衣良　逆島断雄〈本土最終防衛決戦編1〉
石田衣良　逆島断雄〈本土最終防衛決戦編2〉
石田衣良　初めて彼を買った日
井上荒野　ひどい感じ—父・井上光晴
稲葉　稔　椋鳥の影〈八丁堀手控え帖〉
井川香四郎　冬の蝶〈梟与力吟味帳〉
井川香四郎　日照り草〈梟与力吟味帳〉
井川香四郎　忍《すい》冬《かずら》〈梟与力吟味帳〉
井川香四郎　花《はな》詞《ことば》〈梟与力吟味帳〉
井川香四郎　雪の花火〈梟与力吟味帳〉
井川香四郎　鬼《き》雨《う》〈梟与力吟味帳〉
井川香四郎　科《しな》戸《と》の風〈梟与力吟味帳〉
井川香四郎　紅《くれない》の露〈梟与力吟味帳〉
井川香四郎　惻《そく》隠《いん》の灯〈梟与力吟味帳〉
井川香四郎　三人羽織〈梟与力吟味帳〉
井川香四郎　飯盛り侍
伊坂幸太郎　チルドレン
伊坂幸太郎　魔王

伊坂幸太郎　モダンタイムス(上)(下)
伊坂幸太郎　PK
伊坂幸太郎　サブマリン
絲山秋子　袋小路の男
石黒　耀　死都日本
石黒　耀　震災列島
石黒　耀　忠臣蔵異聞〈家老 大野九郎兵衛の長い仇討ち〉
犬飼六岐　筋違い半介
犬飼六岐　吉岡清三郎貸腕帳
石川大我　ボクの彼氏はどこにいる？
石松宏章　マジでガチなボランティア
伊東　潤　国を蹴った男
伊東　潤　峠越え
伊東　潤　黎明に起《た》つ
伊東　潤　池田屋乱刃
石飛幸三　「平穏死」のすすめ〈口から食べられなくなったらどうしますか〉
伊藤理佐　女のはしょり道
伊藤理佐　また！　女のはしょり道
伊藤理佐　みたび！　女のはしょり道

石黒正数　外《げ》天《てん》楼《ろう》
伊与原新　ルカの方《はこ》舟《ぶね》
伊与原新　コンタミ　科学汚染
稲葉圭昭《よしあき》　恥さらし〈北海道警　悪徳刑事の告白〉
稲葉博《ひろ》一《いち》　忍者烈伝
稲葉博一　忍者烈伝ノ続
稲葉博一　忍者烈伝ノ乱〈天之巻〉〈地之巻〉
伊岡　瞬　桜の花が散る前に
石川智健　エウレカの確率〈経済学捜査員　伏見真守〉
石川智健　エウレカの確率〈よくわかる殺人経済学入門〉
石川智健　エウレカの確率〈経済学捜査と殺人の効用〉
石川智健　60《ロクジュウ》〈誤判対策室〉
石川智健　20《ニジュウ》〈誤判対策室〉
石川智健　第三者隠蔽機関
石川智健　いたずらにモテる刑事の捜査報告書
井上真《ま》偽《ぎ》　その可能性はすでに考えた
井上真偽　聖女の毒杯〈その可能性はすでに考えた〉
井上真偽　恋と禁忌の述語論理《プレディケット》
泉　ゆたか　お師匠さま、整いました！

2021年12月15日現在